蜘蛛文库

得到的不仅仅是真相

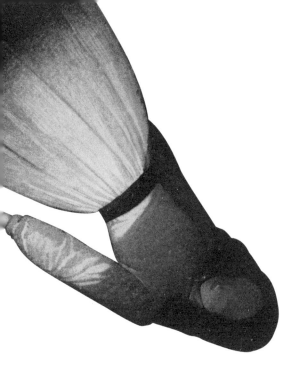

# 求婚的密室

[日] 笹泽左保 —— 著

佟凡 —— 译

浙江文艺出版社

Zhejiang Literature & Art Publishing House

KYUKON NO MISSHITSU

Text Copyright © Sahoko Sasazawa 2022

Simplified Chinese translation rights arranged with TOKUMA SHOTEN PUBLISHING CO. , LTD. through BARDON CHINESE CREATIVE AGENCY LIMITED.

本书简体中文版权为浙江文艺出版社独家所有。

版权合同登记号：图字：11-2023-303 号

**图书在版编目（CIP）数据**

求婚的密室/（日）笹泽左保著；佟凡译. —杭州：浙江文艺出版社，2024.5

ISBN 978-7-5339-7540-1

Ⅰ. ①求… Ⅱ. ①笹… ②佟… Ⅲ. ①推理小说–日本–现代 Ⅳ. ①I313.45

中国国家版本馆 CIP 数据核字（2024）第 056590 号

| | | | | |
|---|---|---|---|---|
| **图书策划** | 邵 劼 | | **装帧设计** | 王柿原 |
| **责任编辑** | 邵 劼 | | **责任印制** | 吴春娟 |
| **营销编辑** | 周 鑫 | | **数字编辑** | 姜梦冉 诸婧琦 |

**求婚的密室**

[日] 笹泽左保 著　佟　凡 译

| | | |
|---|---|---|
| **出版发行** | 浙江文艺出版社 |
| **地　　址** | 杭州市体育场路 347 号 |
| **邮　　编** | 310006 |
| **电　　话** | 0571-85176953（总编办） |
| | 0571-85152727（市场部） |
| **制　　版** | 浙江新华图文制作有限公司 |
| **印　　刷** | 浙江海虹彩色印务有限公司 |
| **开　　本** | 850 毫米×1168 毫米　1/32 |
| **字　　数** | 170 千字 |
| **印　　张** | 9.75 |
| **插　　页** | 5 |
| **版　　次** | 2024 年 5 月第 1 版 |
| **印　　次** | 2024 年 5 月第 1 次印刷 |
| **书　　号** | ISBN 978-7-5339-7540-1 |
| **定　　价** | 68.00 元 |

版权所有　侵权必究

☆主要登场人物

天知昌二郎　36 岁　现场采访记者

天知春彦　5 岁　昌二郎的长子

西城丰士　60 岁　东都学院大学文学院教授

西城若子　54 岁　丰士的妻子

西城富士子　27 岁　丰士的长女，女演员

西城皋月　6 岁　丰士的二女儿

石户昌也　35 岁　医生

小野里实　34 岁　律师

绵贯纯夫　33 岁　丰士的侄子

绵贯澄江　29 岁　纯夫的妻子

浦上礼美　22 岁　东都学院大学学生

前田秀次　23 岁　东都学院大学学生，礼美的恋人

大河内洋介　51 岁　东都学院大学医学院教授

大河内昌子　38 岁　洋介的妻子

进藤信雄　44 岁　东都学院大学文学院副教授

进藤季美子　39 岁　信雄的妻子

泽田真弓　30 岁　西城丰士的前秘书

内海良平　55 岁　别墅管理员

内海乙江　48 岁　良平的妻子

田部井浩三　38 岁　《妇人自身》主编

·

# 目录

# 第一章　密室之死

## 1

位于东坂的东洋酒店小宴会厅"白银之间"里，聚集了二百多名男男女女。因为大家还在相互敬酒，所以私下之间的交流很少，宴会厅一片寂静。正面的装饰物中能看到"第一届新闻记者大众奖颁奖纪念会"的字样。

天知昌二郎挺直腰板站在前方的讲台上，他穿着白色的西装三件套，胸前插着一朵迷你专辑大小的红玫瑰，不知道应该望向何方，只能摆出一副生气的表情。

他不习惯华丽的舞台，不习惯成为万众瞩目的焦点，西装太拘束，二百多人的视线刺痛了他。天知昌二郎轮廓凸显的脸看起来非常痛苦。

　　主持人、致辞及祝贺的人一个接一个站到了他旁边的麦克风前。天知昌二郎不得不对每一个人鞠躬，却完全听不进去致辞和祝贺的内容。

　　"天知昌二郎，36 岁，身高 180 厘米，体重 74 公斤。自从四年前妻子因病去世后一直保持单身。不过他有一个 5 岁的儿子名叫春彦，是单亲爸爸。尽管他似乎很受女性欢迎，但本人并不打算再婚，我们期待他能遇到一位让他一见钟情的女性……"

　　"天知昌二郎的外号有'沉默阿天'或者'鬼才天知'。听说这些外号来自各位仰慕天知昌二郎的年轻记者，他们出于尊敬起了这些外号。可是天知昌二郎讨厌成为记者世界的首领，从来不会出现在后辈同行们的聚会上。尽管如此，他并不打算摆出孤狼的架子。天知昌二郎明确表示，写花边新闻的记者才会和身边的人交往甚密，四处交际。他一直是一个孤独的男人。"

　　"天知先生作为一名自由记者，一直保持该领域的权威身份。他准确的报道、厚重的内容、严正中立的批判角度、认真的采访态度、呼吁社会尊重人性的使命感、精巧入时的文章，在记者领域深受信赖，是我们这些后辈前进的动力。"

"如今署名稿件越来越多，从名不见经传的现场采访记者到新闻记者都逐渐得到社会的认可，都是因为有天知昌二郎在，我作为一名同行对他深表感激。"

"当我得知本次颁奖新设了新闻记者大众奖的时候，心想所有人应该都会一致同意，第一届的获奖者非天知先生莫属。结果正如我所料，让我感到无比欣喜。"

"第一届新闻记者大众奖的提名名单中只有天知昌二郎一个人，而且天知先生在女性周刊杂志《妇人自身》上连载的《人生标本系列》和在综合性周刊杂志《周刊反义词》上连载的随笔《日本人再发现》都以全票获奖，33 名评审员认为全票的情况说明第一届的获奖者实至名归，都在热烈鼓掌。"

在漫长的致辞和祝福后，最终来到了获奖者致谢的时间。天知昌二郎只说了一句谢谢，二百多名男女中传来鼓掌声和笑声。

因为这是最符合天知昌二郎性格的致辞，而且他那副有些害羞的表情和态度还有几分滑稽。会场的气氛突然缓和下来，欢声四起，人们开始随意移动。

服务生一齐散开，为宾客分发啤酒、兑水的威士忌、果汁等饮品。喝过酒后就到了热热闹闹的立餐宴会时间。参加这次聚会的不仅有新闻行业的相关人员，还有政界和财经界的代理人、艺人、摄影师、画家和小说家等等。

这是因为主办方是新闻记者协会，而且天知昌二郎人脉广泛，能够召集各行各业的人。天知昌二郎进入人群中，不断与宾客握手。

"谢谢……"

沉默寡言的天知昌二郎只是一边道谢一边握手而已。

照相机的闪光灯紧紧跟在天知身边。寿司店、荞麦店、烤鸡店、丸子店等模拟店铺周围站满了女性。天知刚一进入女性的阵地，就被要求合照的人包围了。

天知昌二郎花了一个小时的时间才绕过会场一周，他突然想起了春彦。春彦今天也穿着西装三件套来到了会场，刚才就坐在台子下面的最左边。

天知下台后，春彦并没有跟在他身后。尽管他们家是单亲家庭，但春彦依然不会撒娇，他已经习惯了独自打发时间的孤独感。

天知回到讲台旁边。在这样的会场中，5 岁的孩子反而很显眼，穿着蓝色西装和短裤、脚上穿着白袜子的春彦正靠在讲台左边的墙壁旁。

他一双大眼睛睁得大大的，洁白的脸颊上泛着红晕，似乎被一大群人吃吃喝喝的氛围吓住了。尽管如此，春彦依然保持着和平时一样天真无邪的绅士姿势。

但春彦似乎不是独自一人，他身边站着一名和他年龄差不多的少女。那名少女身后的女人正在把装着烤鸡的盘子送到春彦身边。

春彦和少女一起接过了女人递来的盘子，他有些不好意思，不过还是礼仪周正地道了谢。女人露出愉快的笑容，看着吃起了烤鸡的春彦和少女。

那名女人今年 27 岁，虽然看起来只有 24 或 25 岁，但是天知昌二郎知道她的实际年龄是 27 岁。女人穿着白色雪纺长裙，半长发烫成了大波浪。

这位优雅知性的美人很有名。

是女演员西城富士子。

她的艺名和真名都是西城富士子，做女演员将近十年了。她在高中毕业后就成了电影女演员，上大学时也一直从事女演员的工作，最近经常出现在电视剧里。

她刚出道时，人们评价她会成为巨星。可是不要说巨星了，西城富士子甚至没能成为明星，只是在刚出道时担任过两三部电影的主演。

后来，她成了美女配角专业户。自从转战电视剧后，她的人设和角色就固定下来了，全都是不幸的妻子、富豪夫人、年轻貌美的继室、冷酷的情人、和女主角对决的年轻寡妇之类的配角。

原因在于她和过去的西方电影明星有着相似的美貌。虽然那副充满魅力的美貌无可挑剔，但是过于优雅知性了。时下流行的是普通而平凡的美貌，西城富士子并不符合这股风潮。

也就是说，她那副如同住在西洋古堡里的公主一般的美貌决定了她的角色。对于女演员来说，她的美貌成了负面意义上的鲜明个性，这样的女演员不适合当主角。

而且西城富士子出身于富裕家庭，家教优秀。她身上没有娱乐圈的世故圆滑，无法激发出她身上的性感。她是个拘谨的人，拘谨的性格突出了西城富士子身上的阴沉气质，让她无法摆脱忧郁女人的印象。

西城富士子在现实生活中同样是个拘谨的人。在这十年里，西城富士子从来没有曝出过绯闻和丑闻。她不仅没有结婚，甚至没有订婚、谈恋爱之类的传闻。

她身上缺乏光彩，有些人认为没有绯闻和丑闻的女演员无法成为明星，西城富士子正是用自己的实际行动印证了这个事实。

天知昌二郎不认为她从来没有遇到过喜欢的男人，恐怕只是因为西城富士子就算有喜欢的人，也不会发展到恋爱阶段而已吧，所以到了 27 岁还没有恋人。

除此之外，天知昌二郎还听说过另一个原因，西城富士子的父母禁止她谈恋爱。她的父母非常反对女儿进入娱乐圈，原因是娱乐圈作风不正，不是良家子女应该进入的地方。

可是西城富士子无论如何都想成为女演员。商量的结果是父母同意她进入娱乐圈，但是有两个条件：一个是禁止和娱乐圈的人及相关人士恋爱结婚，一个是要从父母推荐的人里选择结婚对象。

西城富士子发誓会遵照父母提出的条件。

无论如何，西城富士子依然单身，还在做女演员。她如今已经不再追求成为主演，而是成了重要的配角。

尽管她是一名不显眼的女演员，但她的美貌还是吸引了众多粉丝，就算没有爆发式的人气，作为一线女演员还是很受欢迎。

"谢谢……"

走近后，天知昌二郎举手道谢。

春彦漠不关心地吃着烤鸡。少女把烤鸡肉串打横叼在嘴里，抬头看着天知昌二郎。

"今天恭喜您了。"

西城富士子推开少女走到天知昌二郎面前，露出洁白的牙齿恭敬地鞠了一躬。她似乎注意到天知要来这里，已经做好准备。

"谢谢您。"

西城富士子优雅知性的笑容让天知昌二郎无法直视，他再次为那副货真价实的美貌而折服。西城富士子这名女演员正是天知喜欢的类型。

"说她是我义妹可能有些奇怪，她是皋月。"西城富士子轻轻摸了摸少女的头。

"你好……"

名叫皋月的少女装模作样地笑着打招呼。她身材小巧，长相如同法国人偶一样精致。大概是因为那副可爱的美貌，少女看起来有几分成熟，是个早熟又天真，且楚楚可人，像大人一样的女孩子。

"你多大了?"天知笑着问少女。

"6 岁。"名叫皋月的少女滴溜溜地转了转大眼睛。

"是个美少女啊。"天知对西城富士子说。

"或许是吧。"西城富士子拽了拽皋月卷起来的浅蓝色礼服裙。

"6岁，比我家小子大一岁啊。"

天知来回看着皋月和表情天真的春彦。

"是啊，不过春彦个子更高些……"

西城富士子走到天知昌二郎身边，从正面看着少年和少女。长裙的整个裙摆随着她的动作摇曳，勾勒出她的曲线。

"她和你很像啊。"

"皋月吗？"

"对。"

"大家都这么说。"

"像母女一样。"

"也有人误会过。"

"是私生女吗？"

"知道情况的人是会开玩笑说她是我的私生女。"

"如果你在21岁的时候怀上孩子，从年龄上来说也不奇怪吧。"

"天知先生真讨厌，怎么说这种话……"

"可是你们明明完全没有血缘关系，却长得这么像，实在不可思议啊。"

"我有时候也会产生错觉。皋月会叫我妈妈吗？在那个瞬间，我会突然觉得，说不定这孩子就是我的女儿。"

"被叫作妈妈的话，更容易误会了吧。"

"皋月好像是真的把我当成她的妈妈，我也会把她当成我的亲生女儿疼爱，所以总会有些奇怪的感觉……"

西城富士子害羞地笑了笑。

西城富士子的父亲是西城丰士，母亲叫若子。西城丰士60岁，若子54岁。但西城夫妇并不是富士子的亲生父母，而是她的养父母。

西城夫妇结婚十五年来一直没有孩子，于是在西城丰士41岁、若子35岁时，两人决定收养一名养女。正巧西城丰士的好朋友在一次事故中身亡，两人就把他的女儿收为养女。

当时两人收养的养女就是富士子，那一年富士子8岁。就这样过了十三年，西城丰士54岁，若子48岁，富士子21岁。

在前一年的秋天，结婚二十七年后，若子怀孕了。惊喜和苦恼向西城夫妇袭来。无论如何他们都想要自己的亲骨肉，但是在如此高龄进行初产实在少见，而且孩子的年龄像孙辈，未来不知道会发生什么，西城夫妇犹豫了很久。

可是过了三个月、五个月，胎儿还在顺利成长，西城夫妇终于下定决心生下孩子。在西城丰士工作的大学医学院附属医院里，医学院的教授让若子成功生下了孩子。

不过并不是顺产，而是剖宫产。一切都进行得很顺利，孩子在定好的日子出生，剖宫产手术也没有问题。若子生下了一个女儿，尽管体重不达标，不过依然是个健康的孩子。

母体也没有异常，若子在 48 岁时第一次成为母亲。西城夫妇有了自己的亲骨肉，高兴得不得了。因为孩子出生在 5 月，所以取名皋月。①

富士子有了一个年龄相差 21 岁的妹妹。虽然两人在户籍上是姐妹，不过富士子和皋月完全没有血缘关系，所以富士子在介绍皋月时用了义妹这种奇怪的说法。

西城夫妇格外疼爱皋月，可是他们首先想到的是面对世人时的羞耻感，其次作为父母对皋月也有愧疚。从前就有人说他们是 48 岁老来得子，想到虚岁和周岁的差距，两人愈发感到羞耻。

于是西城夫妇让皋月把他们称为爷爷和奶奶。不知从什么时候开始，皋月开始把富士子叫作妈妈。皋月上幼儿园后，富士子在世人面前担任起皋月母亲的角色。

皋月把西城夫妇当成爷爷奶奶撒娇、亲近他们，在富士

---

① 日本旧历中称 5 月为皋月。——责编注

子身上寻找一切母亲的要素。富士子身上的母爱受到激发，对皋月也产生了作为母亲的感情。只要时间允许，富士子就会陪着皋月，像母亲一样照顾皋月。

现在皋月也真的把富士子当成了母亲，富士子也产生了皋月就是女儿的错觉。或许这可以说是理所当然的结果，等到皋月再长大一些，她和富士子的伪母女关系就会解除了吧。

这样一想就会轻松一些，西城夫妇如今似乎也很享受与皋月之间的神奇关系，两人把自己当成了祖父祖母，把皋月母亲的角色完全交给了富士子。

"妈妈……"皋月把装烤鸡的盘子推到了西城富士子手边。

"好。"西城富士子非常自然地接过盘子，把手帕递给皋月。在旁人眼中，两人看起来就是母女，她们在无意识间彻底进入了母女的角色。

天知仔细看着美少女的脸。皋月靠在富士子身上用手帕擦了擦嘴，她抬头看着富士子，富士子低头看着她，两人的眼中都带着笑容。

天知觉得西城富士子与绯闻和丑闻无缘，对恋爱结婚毫不关心的原因之一，说不定是因为有皋月在。西城富士子或许想以皋月母亲的身份生活。

至于皋月，天知仅仅听说过她，今天晚上才第一次见到。第一次见到西城富士子和皋月在一起的样子，这对模拟母女心照不宣的样子让天知感到惊讶。

"你对自己的婚姻究竟是怎么想的?"天知拨了拨头发。

"嗯?"

西城富士子的脸上瞬间失去了笑容。她低下头，脸上带着独特的阴郁气质，露出认真思考，明显感到困惑的表情。

"出什么事了吗?"面对对方出乎意料的强烈反应，天知也感到困惑。

"其实我在想，如果今天晚上见到天知先生，就把这件事情告诉你。"西城富士子表情阴郁，形状优美的嘴唇里慎重地吐出了这样一番话。


## 2

从刚才开始，天知昌二郎就能感觉到投向自己的视线。不对，那道视线不仅是投向他的，那个男人还把视线投向了西城富士子。

对天知来说，那个男人是再熟悉不过的人了，他是《妇人自身》的主编田部井浩三。田部井和天知在工作方面关系密切，交往时间很久，彼此知根知底。

甚至连业内人都说，要想知道天知的事情就去问田部井，如果是田部井的委托，天知基本上都会接受，而且田部井总是天知最好的协助者。

天知昌二郎的朋友很少，不过田部井绝对可以说是他的密友。他是唯一一个能毫无顾忌地出入天知的住处，闯入天知私生活的外人。

田部井浩三出现在宴会厅合情合理，不过田部井没有自然而然地接近天知，因为不管怎么想都觉得不自然。站在稍远的地方看着天知他们，这种行为恐怕不像田部井的作风。

田部井当然很了解西城富士子，他是女性周刊杂志的主编，在娱乐圈人脉很广。田部井与西城富士子的关系应该比天知更近，两人认识的时间更长。

尽管如此，田部井主编却莫名在顾忌些什么。也许田部井在等天知和西城富士子的话题告一段落，两人中的某一个能注意到自己。

无论如何，莫名其妙地被好友顾忌，天知反而不想坦率地上前搭话了。天知一边关注田部井，一边故意背对着他，一心期待田部井的身影越过天知的肩膀映在西城富士子的眼睛里。

"啊呀。"西城富士子似乎终于看到了田部井。她努力露出微笑，眼神依然阴郁。

"嗨……"田部井迈着大步走来。

"您好，好久不见。"西城富士子欠了欠身。

"好久不见，您还是那么美丽，看到您活跃的身影是我最大的期待。"田部井说完放声大笑，仿佛在弥补些什么。

田部井主编只比天知大两岁，但是看起来却有四十五六岁，可能是因为他额头很宽，头发稀疏，还戴着度数相当高的眼镜。他矮胖的身形也和天知正好相反。

天知昌二郎给人的印象是精悍、行动力强的知识分子，和像银行职员般死板的形象结合后，变成了一个冷淡、稳重的男性形象。看到天知和开朗却非常敏感的田部井组成了绝妙的双人组，身边的人都会欢呼喝彩。

"你别带着奇怪的顾忌啊。"天知面无表情地说。

"我肯定会有顾忌啊。阿天你难得和一个人单独聊得这么深入。"田部井语气戏弄地开着天知和西城富士子的玩笑。

"是我留住了天知先生。"西城富士子狼狈地辩解了一句，似乎不知道该看哪里，低下头把手搭在皋月的肩膀上。

"哎呀，完全没关系，请独占他吧。"田部井看着天知笑了笑。

"独占什么呀，才不是这回事，我只是想占用天知先生15分钟左右而已。"

"结果话并没有说完嘛。"

"就在刚才，我刚刚告诉天知先生有话要对他说。"

"这样啊，既然如此，我就先走一步了。"

"不，请不要走，如果是田部井先生的话，这件事说给您听也没问题……"

"既然如此，我们赶快找个地方吧。阿天可不是什么积极的男人，虽然是个工作狂，但是除此之外总是需要我来帮他张罗。"

"抱歉，突然让您做这种事情……"

"没事没事……"

田部井挥手叫住了路过的服务生。他是个行动力很强的男人，于是强行按照自己的意愿安排了谈话的地点，这份厚脸皮甚至成了田部井的自豪之处。

田部井回头招了招手，似乎和服务生谈妥了。天知和西城富士子分别催着春彦和皋月走了过去。服务生走向台子右侧的门。

服务生刚打开门，皋月就率先冲进了房间。田部井、春彦、天知、西城富士子跟在她身后鱼贯而入，服务生留下一句"请便"就关上了门。

与此同时，宴会厅的噪声瞬间消失。房间里远比宴会厅凉爽，面积有 20 叠①左右，因为没有人，所以空调效果很好，大概是用来做休息室的吧。

房间里没有窗户，中间放着一张椭圆形的桌子，周围放了十多把椅子。一台大电视摆在房间一角，电视机前面并排摆着两把椅子。

"来，坐在这里吧。"皋月邀请春彦。

"你要看电视吗?"

"对啊。"

"可是大人们要谈事情，会很吵吧。"

"把声音调小一些就没事了。"

"你会调吗?"

"会啊，这种小事……"

"我不会。"

"与其听大人谈事情，我们还是看电视更好吧。"

"嗯。"

天知听着皋月和春彦的对话。一副小大人样的女孩和没

---

① 叠，日本面积单位，相当于一张榻榻米的大小，约为 1.62 平方米。——译者注

有母亲、谨慎的男孩的性格都表现得淋漓尽致。最后两人还是立刻并排坐在椅子上，调低音量，专心看起了电视。

不仅是和小孩子，春彦并不认生。他在没有母亲的家里长大，家附近的主妇和保姆们经常帮忙照顾他，所以春彦掌握了一套属于自己的生活智慧。

"好了……"

田部井主编在椅子上坐下，把桌子上的烟灰缸拉到自己身边。

西城富士子坐在田部井的正对面，天知昌二郎坐在两人中间。三个人之间分别空出了两三个位置，仿佛在开一场只有三个人的圆桌会议。

"我可以开始说了吗？"

西城富士子交替看着天知和田部井的脸。富士子敏感地察觉到，尽管自己想把事情告诉天知，但会和自己交流的人是田部井。

天知看了一眼电子表，现在是晚上 7 点 20 分。纪念会 6 点开始，暂定 8 点结束。距离 8 点只剩 40 分钟了，天知脑子里想到了无聊的事。

"请开始吧，我来做听众。"田部井用手指推了推眼镜，匆匆忙忙地点好烟。

"其实十天后，我父亲会在轻井泽的别墅开派对。"

西城富士子把包放在桌子上，双手放在包上。

"您父亲要办派对吗?"田部井的鼻子和嘴巴像烟囱一样吐出白烟。

"对，由西城丰士主办。"富士子转过脸，似乎想避开烟。

"十天后，就是 8 月 8 日吧。"

"对。"

"为什么要开派对?"

"主题有三个。"

"竟然有三个吗?"

"对，第一是庆祝我父亲的生日，8 月 8 日是我父亲的生日，他将要 61 岁了。"

"原来如此。"

"第二是纪念父亲引退。"

"引退?"

"就是辞去大学的职务。"

"哦。"

"不仅是辞去大学的职务，他今后不会在公共场合露面，不再出版作品，也不住在东京了。他决定搬到轻井泽的别墅，闭门不出，过隐居生活。"

"这是要彻底退职啊。"

"从 9 月开始，家里就只剩我一个人住了。父母和皋月都在轻井泽的别墅里生活。暑假结束后，皋月就要转学到轻井泽的幼儿园了。"

"庆生、引退纪念，那么第三个主题是?"

"父亲引退意味着隐居。我要独自一人住在东京的家里，我说到这里，二位应该明白了。"

"您父亲要隐居，在轻井泽的别墅过悠然自得的生活，这样一来，就要决定西城家的下一任家主是谁了吧。"

"对。"

"而且西城夫妇也不会让您一个人住在东京的大房子里，既然如此，当然要提到您的婚姻问题。"

"确实是这样。"

"婚事已经定了吧。"

"父母早就定好了我的结婚对象候选人，现在终于要得出结论了，我要接受父母宣布的结果。"

"对方要入赘吧。"

"不，这一点还没定。"

"富士子小姐嫁到别人家也可以吗?"

"对，父母说让我们自己决定，将来要继承西城家的是皋月，只是父母已经做好了心理准备，自己或许活不到皋月成年，所以条件是就算我要嫁到别人家，也要和丈夫一起在皋月成年前担负起监护人的职责。”

“监护人啊。”

“我父母好像会在我的婚事定下来之后整理财产。”

“怎么整理？”

“首先把大部分财产分成两半，分别赠与我和皋月。然后把剩余的财产换成现金缴纳赠与税。”

“也就是说不留遗产，在活着的时候把财产转到你和皋月的名下，并且支付赠与税吧。”

“对。我父母考虑到就算什么事情都没有，世人也会好奇养女和亲生女儿在继承遗产时的纷争，而且或许真的会出现麻烦。再加上不谙世事的女儿们在处理财产、缴纳遗产税的时候，不知道会蒙受多少损失。所以他们决定在自己活着的时候赠与财产，并且支付赠与税。这样一来就不会出现财产继承的纷争，我们也不会为遗产税烦心了。”

“二老想得这么周全，应该没什么问题了吧。”

“皋月的财产管理也由我来负责。”

“失礼了，西城家的财产大概有多少呢？”

“我完全不清楚具体数额和详情。不过听父亲说，经过评估，仅仅是房地产就值 25 亿日元。"

"25 亿日元啊。根据赠与税的计算方法，您和皋月分别能得到 10 亿日元。"

"是吗?"

"可是对您来说，财产问题还是次要的吧? 对您来说，最重要的是接受父母决定的婚姻吧。"

"确实是这样。"

"借这次机会，我想确定一件事。"

"什么事?"

"从很久以前开始，娱乐圈里就流传着一个传说。说您进入娱乐圈的条件是发誓不得自由恋爱，必须和父母指定的人结婚，这是事实吗?"

"听起来很落后于时代，挺难为情的，不过十年前的传闻是真的。"

"那么您忠实地遵守了这项誓约吗?"

"是的，为了继续做女演员，我只能遵守誓约……"

"这么说来，富士子小姐到今天为止从来没有谈过恋爱，从来没有爱过别的男性吗?"

"这个……"

"请告诉我，只是作为参考。"

　　"我也是有过健康的青春期的女人，就算父母要求我变成石头人偶……"

　　"那么，您谈过恋爱咯?"

　　"我以前有过动心的时候，现在也……"

　　"现在也有意中人吗?"

　　"总而言之，都以柏拉图式的恋爱结束了。所以从结果来看，我并没有违背誓言。"

　　"这样啊。"

　　"与此同时，和父母指定的人结婚这一条约定也依然有效。"

　　"您父母要在 8 月 8 日的派对上兑现这项约定了吧。"

　　"对。"

　　"您不得违背父母的意见，可是您是活生生的人，没办法因为这是约定就彻底接受，这件事把现在的您推入了无法摆脱的苦恼中。"

　　"正是这样。"

　　"当然，您很清楚新郎候选人是谁吧?"

　　"因为他们从以前开始就经常来家里……"

　　"他们，不止一个人吗?"

　　"有两个人。"

"您父母打算让您在两个人中任选一个吗?"

"对,一个人是从事法律行业的,是民事律师,另一个人是医生……"

"两个都是年轻女性选择丈夫时最好的职业啊。富士子小姐在两位男性身上都没有感受到足以让你想要与他结婚的魅力吗?"

"如果可以的话,我不想结婚,然而最终我必须从他们之中选出一个人。"

"那么,你想把这件事告诉阿天,目的究竟是什么呢?"

"目的什么的,才没有……"

"可是,你应该想委托阿天做些什么吧?"

"8月8日下午1点开始,我父亲要在轻井泽的别墅开派对,是只有非常亲近的亲友才能参加的小型派对,不过父亲说要邀请天知先生来做客。"

"所以呢?"

"需要在别墅住一晚,我希望天知先生务必答应。"西城富士子战战兢兢地抬起头。

"这种事情很容易嘛,就算是阿天,也应该会开心地答应吧。"

田部井叼着烟开心地笑了。和平常一样,田部井面前的桌子上满是烟灰。

"跟您提这种要求实在很失礼，可是只要天知先生能来看，我心里就踏实一些。"富士子盯着天知的脸说，似乎下定了决心。

天知没有说话。富士子如此美丽，天知在一瞬间感觉心像被揪住了一样疼。事到如今，天知才发现，以前有一位美国电影女演员和一位欧洲国家的国王结了婚，而富士子和那位女演员年轻的时候长得一模一样。

"无论我多么苦恼、多么犹豫，最终只能被迫屈服。可是我希望至少在同意结婚的瞬间，有一位能够给我精神支持的人在，而能够成为我精神支柱的人只有天知先生。"

富士子的眼睛阴郁而甜美，那双眼睛正热切地盯着天知。

天知昌二郎情不自禁地想到了拯救在古堡中哭泣的公主的骑士。

### 3

盛大的庆祝会在晚上 8 点结束了，宴会厅里还剩三四十位客人。8 点前，半数以上的客人已经离场，西城富士子也牵着皋月离开了。

"还剩好多酒，请各位随意畅谈。"

8点，主持人说出了形式化的致辞。

虽然嘴上说着请随意畅谈，其实是在宣告宴会结束。掌声响起，之后客人们纷纷走向宴会厅的出入口。

留下的都是喝醉的人。服务生已经全员出动，开始收拾会场了，可是喝醉的人们毫不介意，依然在找兑水威士忌，或者热烈讨论。

很多人邀请天知昌二郎继续去下一场聚会，他都以春彦为借口推托了，总不能带着孩子去银座或者新宿。大概是出于这样的考虑，只要天知把春彦当作借口，就连醉酒的人都会轻易放弃。

天知向主办方、宴会发起者和执行委员们一一道谢后，也打算离开宴会厅。主办方和志愿者们表示会照顾喝醉的人，年轻的执行委员们帮忙将纪念品和各种礼物、花束等送到了酒店停车场。

酒店停车场里停着一辆租来的车，车上插着《妇人自身》的旗子。只是纪念品和礼物就把后备厢塞得满满的，于是天知将花束送给了年轻的执行委员们。

"真是一场盛会，恭喜您。"

"这样一来，第二届新闻记者大众奖的权威性就会得到认可了，这次颁奖很成功。"

"我们非常高兴……"

"天知先生，今后也请继续努力。"

"祝您继续奋战。"

年轻的执行委员们说着，天知和他们一一握手。抬头看着酒店华丽的大楼，天知终于体会到了感动的心情。也许与豪华的宴会相比，年轻人朴素的祝词更能打动天知。

田部井主编在车门前等待，他一边抽烟一边忙着用手帕擦脸。现在已经过了晚上 8 点，而且 7 月下旬的天气并不算炎热。可是田部井怕热，脸上全是汗水。他又是个老烟枪，到了夏天既要抽烟又要忙着擦汗，看起来简直让人觉得眼花。

春彦已经在副驾驶的位置上坐好，他懒洋洋地靠在椅背上，这是他有生以来第一次参加宴会，少许兴奋后的疲劳让他感到困倦。

"你直接回家吗？"

"嗯。"

田部井和天知同时从两侧上车。

"那我送你。"

"麻烦你了。"

"不客气。"

"到公寓再喝一杯吧，要先让春彦睡下才行，不然什么都做不了。"

"两个人喝酒也别有一番风味啊。"

"反正我希望能陪我到最后的，只有你一个人。"

"啊呀，除了我之外还有一个人，如果西城富士子也在的话，就再好不过了。"田部井说完笑了起来。

天知没有说话。不知道为什么，一听到西城富士子的名字，他就会感到心情沉重。绝对不是不开心，他反而很想聊聊西城富士子，只是一想到她就会觉得有负担。

"去池尻一丁目。"田部井在司机背后说。

租来的车开出了酒店停车场。天知回头看着东洋酒店，现在是酒店 15 层大楼亮灯的窗户最多的时间。天知感到那些窗户里装着很多人的人生，今天晚上，他也在这家酒店为自己的一生留下了光彩的一页。

不仅是指获得新闻记者大众奖，天知情不自禁地感到在今天晚上的宴会厅里遇到西城富士子，听到她的故事，或许会给自己的人生带来巨大的影响。

"不过他老爸要引退去过隐居生活，也是一则新闻吧。"

田部井又拿出一支烟，用上一根变短的烟点燃。

"西城丰士老师吗?"天知昌二郎抽出插在西装胸口的玫瑰花，放进公文包里。

"总之在同一所大学的老师里，西城丰士教授还是一位相当有影响力的人物。"田部井像平时一样把烟灰撒在了膝盖上。"他是研究法国文学的权威，在中世纪法语研究领域是世界级的教授，是日本的第一人吧。"

天知从公文包的口袋里抽出一块包在锡纸里的巧克力。

"翻译、随笔集、研究论文、法国文学指南、语源学专业书籍，西城老师还写了不少著作。"田部井的声音越来越大，坐上车后，他突然有了醉意，"我还听说他是东都学院大学教授们的领头人，是与现任校长对立势力的首领。"

天知把掰下的一块巧克力塞进口中。

"那位西城教授一直是有钱人家的少爷，和野心家的形象相去甚远。毕竟他出身好，知名度又高，还是一位大富豪。这样一来肯定会被推上首领的位置。"田部井说着说着，不小心被自己的香烟呛到了。

田部井说得没错，西城富士子的父亲是一位著名的大学教授。天知在娱乐圈也颇有人脉，可是除了西城富士子之外，和其他演员、艺人私下都没有深交。

天知之所以在西城富士子刚出道时就知道她，同样有她是西城丰士教授养女的原因，而且和西城富士子的私人交往同样始于发生在西城丰士身边的一场风波。

西城丰士是西城一成的长子，西城一成从明治到大正、昭和初期向日本引进了众多法国文学作品，本人也被称为文豪，翻译和原创作品都广为人知，他还是一名通晓欧洲情况的外交官，曾任贵族院议员。

西城丰士作为西城家的长男，顺利地走上了研究法国文学的道路，成为东都学院大学的教授。后来，西城丰士成为了法国文学研究领域的权威，研究中世纪法语的第一人，和他父亲一样出版了众多著作，成了著名的大学教授。

西城的妻子若子同样出身名门，娘家是二战前的财阀。西城丰士继承了父亲的遗产，在外地拥有广阔的土地。他卖掉土地换成资金，发挥了天才般的能力，靠一台电话进行股票交易。

西城用从股市中获得的利润分别在东京市中心和郊外购买土地，并不断扩大领地，成为一名大富豪。如今仅算留下的房地产，除了位于元麻布的大宅、轻井泽的豪华别墅，还有新宿区内、目黑区内、中野区内、世田谷区内、杉并区内的土地。

至于现金方面，只算教授的月薪、作品的版税和股票分红，恐怕就是一笔不菲的收入。除此之外，还有有价证券、艺术品等财产。

西城富士子也因为出身名门，有知名的富豪父亲，是难得的各种条件俱全的女演员而引发热议。既然父母出身名门，女儿就算是养女，也是名门之家的女儿。

西城丰士外表俊美，具有潇洒的英国绅士气质，因为家教良好，他待人态度谦和，讲课幽默风趣，颇受学生欢迎，女生里甚至有他的狂热拥趸。

后来却发生了一件让西城丰士教授丧失名誉和威信，在学生中人气骤降的事件。

事情发生在今年 1 月。

东都学院大学的女生 A 子向警方起诉西城教授。起诉内容是西城教授在研究室对她进行了性骚扰。

西城教授叫 A 子进入研究室，锁上门后强迫她为自己揉肩膀，其间还抱住 A 子不断索吻，触碰她的乳房，将她压倒在沙发上，掀起裙子进行猥亵行为。

A 子反抗时，手脚遭到重击，受到的挫伤经过 10 天才痊愈。因为没有受到实质伤害，又不想损害母校和自己尊敬的教授的名誉，所以 A 子本打算保持沉默。然而她受不了精神上的打击，而且知道此事的恋人 B 君很生气，最终她走到了起诉这一步。

警察姑且审问了西城教授。对方是著名的大学教授，社会影响力大，警察在审问情况时态度慎重。西城教授否认并对事实付之一笑，警察也没能得到确切证据。

然而这次事件被一部分报纸报道，在东都学院大学引起巨大的骚动。尽管报纸上只写了东都学院大学的 S 教授，但所有人都能轻易发现。

大学领导层连日协商。

教授会乱作一团。

调查委员会因为纷争无法成立。

西城教授反驳说这是一场阴谋。

校长派的教授要求西城教授辞职。

理事长派（反校长派）的教授发表声明，指责 A 子捏造事实。

学生们半信半疑。

西城教授拒绝停课处分。

西城教授强行继续上课，教室人满为患。

经过这场骚乱后进入 3 月，A 子突然撤诉，理由是防止母校陷入更大的混乱。因为强奸未遂是亲告罪，所以警察也停止了调查。

虽然还剩伤害罪，但同样因为证据不充分而终止了调查。

尽管有传言说西城教授在背后用钱收买了 A 子和 B 君，让他们保持沉默，不过这件令人不快的事件总算了结了。

进入 4 月后，轮到西城教授称病，不再出现在大学里。由于没有提交辞呈，因此他现在的身份依然是东都学院大学的教授。可是 4 月之后，西城教授再也没有踏入东都学院大学的校门。

正是在这次事件之后，西城富士子哭着请求天知采取一些保护措施。只有一部分报纸刊登了这次事件，而且只用了 S 教授的称呼，并没有曝光真名。

然而可怕的是，有周刊杂志准备刊登从西城富士子的角度出发的花边新闻，而且已经采取行动，完成了采访。女演员西城富士子的父亲，著名大学教授因强奸未遂被女生起诉，根据报道方式不同，确实有可能成为耸人听闻、吸引大众眼球的文章。

西城富士子最害怕的是自己的女演员身份给父亲带去麻烦，因为她在父母反对她做女演员的时候发过誓，在任何场合都不会做出带来花边新闻的事情。

西城富士子以前就认识天知昌二郎，并且信任他，于是请求他压下周刊杂志的报道。天知是西城富士子的拥趸，于是帮了她这个忙。

　　不仅是出于私情，天知也认为那是一篇没有意义的报道，会给众多人带去不幸。他和相关人员见面或者通话，求他们撤下报道。

　　就连素未谋面的自由记者们也欣然答应帮助天知昌二郎，甚至连已经做好采访准备的人听说是天知的请求后也迅速收手。由此，西城教授和富士子都得以脱离困境。

　　在这场混乱中，富士子和天知见了很多次面，还在去他的公寓拜访时认识了春彦。天知也听说了富士子的身世和皋月的情况。

　　天知和富士子的关系更加亲密了。

　　西城丰士邀请天知参加在轻井泽别墅举办的宴会，同样是因为有这一前因后果，西城丰士一定是带着感激的心情招待天知作为特别来宾的。

　　"西城教授引退，准备彻底过上隐居生活，果然是因为之前那件事吧。"田部井在停车的同时说道。

　　"大概是吧。"

　　天知拉开门下车。春彦已经睡熟了，就连被天知抱起来的时候都没有醒。

　　"无论真相如何，西城教授终究是厌倦了吧。"田部井用两手抱起后备厢里堆成山的行李，"他没必要工作，做大学教授也只是出于兴趣。让自己不舒服的兴趣，还是尽早放下为好。"

天知抱着春彦先一步走进位于世田谷区池尻一丁目的世田谷公园公寓。田部井抱着行李跟在他身后，径直向直梯走去。

"不过阿天，这可是大新闻啊。"田部井在直梯里喜笑颜开。他眯起眼睛，语气既像嘲弄又像羡慕。

"什么大新闻?"天知看着春彦的睡颜。

"西城富士子爱上了阿天。"田部井突然表情严肃地说。

"胡说什么……"天知表情未变。

"嗯? 你没感觉到吗?"

"贸然做出错误的判断也是你擅长做的事。"

"不，绝对没错。这么多年了，我的第六感很强。她看着你的眼神绝对不正常，目不转睛的，热情的，在撒娇又害羞。而且她那么期待你去她被迫接受自己不喜欢的婚约的地方拯救她。还说除了你之外，没有人能够成为她的精神支柱，那不就是西城富士子热情的告白吗?"

"少来。"

"虽然她说得很含糊，但是也承认自己现在有投入了特殊感情的人。那个人肯定就是你。我听和西城富士子关系好的女演员说，她似乎说过自己喜欢上了某个新闻记者。"

"我叫阿天是天知的天，你可别解释成天真的天，我才不是恋爱脑。"

"其实你也知道的吧。啊呀，不好意思也没办法。"

"这话说得真不像你，好像档次突然降低了一样。"天知一边摇着春彦一边走出直梯。

六楼到了。

"随便你怎么说，我现在可兴奋了。既然是西城富士子的恋爱，哪怕不关我的事也让我牵肠挂肚，更何况他喜欢的人是你。既然如此，谁还管他档次高低。"

田部井在天知背后大声嚷嚷，声音在空无一人的走廊上回响。

"你这么肯定吗？"

天知站在 611 号房间门前，从口袋里取出钥匙。

"绝对没错，我相信我的直觉，你想想以前出过错吗？"

"要是你的直觉没出错，会发生什么事情呢？"

"说不定你能和西城富士子结婚。"

"适可而止吧。"

"36 岁的男人和 27 岁的女人，你们两个不都是单身吗？只要两个人相爱，很可能会结婚啊。"

"她的结婚对象已经定好了。"

"正因为如此，她才会痛苦挣扎，向你求救，你的态度有可能带来大反转，西城富士子想从中找到唯一的救赎和希望。"

"是这样吗？"

天知打开了房门。

带着热气的空气扑面而来，除了起居室、厨房、西式和日式房间各一间之外，只有浴室和卫生间。住在公寓里的大多是没有孩子的夫妻，这样的面积和户型足够两个人过得优雅舒适。

大门正对面是起居室阳台的玻璃门，可以当成一整面落地玻璃窗，对面是广阔华丽的夜景，能看到玉川路和山手路附近，远处世田谷、涉谷、目黑的夜景尽收眼底。

天知抱着春彦望向灿烂夺目的夜景。为什么理性让他不得不否认田部井的说法呢？难道不是因为天知自己也承认那是事实，却害怕期待落空，因此故意竭力否定吗？

想到这些，天知的心情又不由得有些沉重。尽管如此，早就熟悉的夜景依然显得格外艳丽。不仅是因为得奖的喜悦，对西城富士子的感情确实也对他产生了影响。

天知看夜景再次看得入了迷。

三天后，西城丰士打电话邀请天知昌二郎前往轻井泽的别墅，他接受了邀请。

*4*

8月8日上午10点，天知昌二郎离开世田谷公园公寓，春彦也和他在一起。幼儿园正在放暑假，而且这次并不是因公旅行，带上春彦自然是天知作为父亲的义务。

其实在西城丰士打电话邀请天知的时候，他先以要带孩子为由拒绝了，不过西城丰士表示春彦是皋月的朋友，也欢迎他的到来。

今天，父子两人都穿了白色西装三件套，领带也都是明亮的深蓝色。除了春彦穿着短裤和长筒袜之外，两人的打扮就像大小不同的相似图形。

两人坐出租车来到上野站，尽管是工作日，8月上旬的上野站从上午开始就人山人海，尤其是近十年来，无论是什么人都流行去轻井泽避暑。

前往轻井泽的指定席①车票并不容易买到，不仅是火车，

_____

① 指定席，指乘客购买的车票上写有指定的座位号。——译者注

就连国道 18 号线也因为前往轻井泽的私家车太多而发生拥堵。为什么大家都想去轻井泽呢？天知不清楚原因。

过去的轻井泽就算在盛夏时节也是一座安静的小城，当然是因为只有小部分人会选择前往轻井泽避暑。轻井泽被称为老人之城，年轻人和全家出行的人不会将轻井泽放在眼里，而是倾向于选择更自由奔放、更热闹的旅游胜地。

然而现在不同了，人们故意在物价高和拥挤的旧避暑地扎堆。这种现象或许表现出了超过 90% 的日本人都自以为属于中产阶级以上的心态，又或许是出于现代人必须抱团、赶时髦的性格。

天知不喜欢人多的地方，这趟旅行实在称不上愉快。田部井为祈祷恋爱顺利送给天知的车票成了他的宝贝，因为天知自己的车出了故障，他必须首先想办法解决交通问题。

天知提着旅行箱，春彦提着父亲的公文包，两人坐上了前往金泽的白山 2 号。在满员的软席车厢中，仿佛让人身处是有母亲陪同的儿童旅行团火车。

特快白山 2 号 11 点 34 分从上野站发车。春彦呆呆地看着在走廊里跑来跑去的孩子们，天知也静静地望向窗外。这对父子和平时一样沉默寡言。

天知回忆起昨天田部井主编来送车票时两人的对话。田部井仿佛已经确定了西城富士子会和天知在一起，他自顾自地深信两人情投意合。

"西城富士子不仅外表美丽，还是个内秀的女人。证据就是她无法成为明星，女演员的路看起来也会不温不火地结束。"

"奇怪的证据。"

"不，以前人们就常说，女人当不了明星，做女演员成就不高，才是能够成为理想恋人和妻子的证据。"

"是吗?"

"西城富士子正是理想的女人。在女演员的领域不够起眼，应该算是失败吧。可是你看看她作为一个女人，应该有不少男性拥趸认为她是各种意义上的理想女性吧。"

"也就是说，她不适合做女演员吗?"

"就因为不适合做女演员，才适合做妻子。"

"她在年轻人和同性里似乎人气不高。"

"年轻人总是被闪闪发光的明星吸引，而且魅力太大的女演员得不到同性的支持，这是惯例。她太漂亮了，而且那份优雅、知性、清纯和女人味都无与伦比。"

"她的拥趸好像集中在 30 到 50 岁。"

"也就是说，都是些把她当成恋爱对象和妻子的男人吧。"

"你也是其中之一。"

"我会迷上她也是没办法的事嘛。她今年27岁，正是女人的黄金时期，而且还没有失去处女般的清纯、天真烂漫和娇嫩。她非常有可能还是处女啊。"

"真猥琐。"

"怎么猥琐了？"

"年龄在女人的黄金时期，美丽的处女。总觉得其中藏着中年男人的愿望。"

"那不是挺好的吗？人要有愿望才能活下去。"

"确实，她很有魅力。"

"是吧。被西城富士子爱着的阿天，真是最幸运的男人了。"

"你别擅自下结论。"

"阿天你啊，在男女关系方面洁癖太严重了，所以过去才一则绯闻都没有。"

"谁知道呢，说不定我正在你不知道的地方做些什么事情。"

"我觉得你对亡妻的情分已经完全尽到了。你妻子已经去世四年多了吧，就算你有了新的恋人，就算你再婚，死去的妻子应该也不会恨你。"

"我并不是因为死去的幸江才保持单身的，我还有春彦。"

"就算是为了春彦，再婚也是更好的选择吧。"

"你无论如何都想让我和她结婚吗？"

"以前的你一直对女性很冷淡，总是有意识地控制自己，不和女性发展成特殊的关系。可是这次不同，你明显被西城富士子迷住了。"

"是吗？"

"不是只有电视制作人和导演才能和女演员结婚。不要硬撑，要更坦率地面对自己，加油。"

田部井本来就建议天知再婚。所以当他判断西城富士子和天知彼此都抱有超过好感的感情，马上怂恿天知，告诉他现在就是关键时刻。

天知觉得田部井的判断并非完全没有道理。在这半年的接触中，天知和西城富士子作为异性的距离确实迅速拉近，天知也有好几次感受到了富士子对自己的好感。

天知也把富士子当成女人看待，被她吸引，甚至可以说被她迷住了。自从妻子死后，天知第一次对一个女人另眼相看，把她放在心上。

不过仅此而已。

天知和富士子终究生活在两个世界。天知结过婚，还有春彦这个儿子。他住在出租公寓里，生活只能达到不愁吃穿的水平。

而富士子是女演员，是著名大学教授、大富豪西城丰士的养女。她不知人间疾苦，没有结过婚，而且如果和天知结婚，还要成为继母。

更不要说富士子的结婚对象已经确定了。今天或者明天，富士子就要从两名候选人中选出一位作为自己未来的丈夫。这是富士子与养父母之间的约定，她不能拒绝。

就算天知和富士子两情相悦，也只会到此为止。富士子希望天知成为她的精神支柱，天知答应了，两人的关系仅此而已。

而且天知觉得今天的派对本身就有问题。他不认为自己能够泰然自若地出现在轻井泽的别墅里，然后悠然自得地离开。这不仅是天知的预感，背后还有支持他下此判断的依据。

火车离开高崎。

再过一个小时就到轻井泽了。只是想到这里，天知就开始紧张。"不过是杞人忧天"的乐观情绪随着火车的行进变得越来越不可靠。

天知拿出一张便笺纸，上面列出了13名男女的名字，是受邀参加今日派对客人的名单。

西城丰士打电话邀请时，天知提出为谨慎起见，自己想知道都有什么人参加派对。西城丰士坦然地在电话里将客人的名字、年龄和职业都告诉了他。

天知把这些信息记在了便笺上。宾客名单让他有些担心，总觉得会发生些什么。事后认真检查宾客名单时，天知发现了一件奇怪的事。

天知昌二郎

天知春彦

石户昌也　　35 岁　　医生

小野里实　　34 岁　　律师

绵贯纯夫　　33 岁　　西城丰士的侄子

绵贯澄江　　29 岁　　绵贯夫人

浦上礼美　　22 岁　　女学生

前田秀次　　23 岁　　学生

大河内洋介　51 岁　　大学教授

大河内昌子　38 岁　　大河内夫人

进藤信雄　　44 岁　　大学副教授

进藤季美子　39 岁　　进藤夫人

泽田真弓　　30 岁　　西城丰士的前秘书

一共 13 人。除了天知昌二郎和春彦之外，被邀请前往轻井泽别墅的有 11 个人。看着 11 人的宾客名单，天知有些惊讶。

只有前 4 个人的名字他完全没有听说过，名叫石户昌也的医生，名叫小野里实的律师，这两个人一定是西城富士子的结婚对象候选人。

绵贯纯夫和他的妻子澄江也是两个陌生的名字。天知听说西城丰士只有一个弟弟，既然绵贯是西城丰士的侄子，应该就是他弟弟的儿子了。

问题在于剩下的 7 个人。天知听过这 7 个人的名字。尽管都没有见过面，不过全是在西城丰士强奸女学生的事件中听到过的名字。

浦上礼美正是起诉西城教授的受害者。

前田秀次同样是东都学院大学的学生，是起诉西城教授的浦上礼美的男朋友。

大河内洋介是东都学院大学医学院一名有权有势的教授，是校长派的重要人物，曾经正面批评过西城教授。这位大河内教授会偕妻子参加派对。

进藤信雄也是东都学院大学文学院的副教授，身份相当于西城教授的徒弟，有传言说他背叛西城教授加入了反西城派。这位进藤副教授似乎也要偕妻子出席派对。

最后，泽田真弓是东都学院大学的员工，听说他曾经当过西城丰士六年的秘书。今年 1 月，强奸未遂事件被报纸曝出后不久，泽田真弓就从东都学院大学辞职了。

这样一来，可以说半数以上的客人都是东都学院大学的相关人员。而且都以某种形式与西城教授的强奸未遂事件有关。在这一点上，天知也不例外。

而且除了天知和前秘书泽田真弓之外，全都是与西城教授对立的人，甚至还包括起诉西城教授的人。要说是亲近的人倒是没错，但西城丰士为什么要聚集这样一群人呢？

被邀请的人又为什么会接受呢？

天知完全看不透西城丰士的真实想法。还是说西城丰士没有任何企图？派对究竟能不能顺利结束呢？不，果然还是会发生些什么吧。当火车到达横川站时，天知的想法越来越悲观。

如果只是辜负了田部井的期待还好，可是天知心中生出一股强烈的不安，觉得如果发生悲剧，恐怕会波及西城富士子。

特快白山 2 号在 13 点 30 分到达轻井泽站。派对从下午 1 点开始，天知他们已经迟到了 30 分钟。不过聚餐应该不会在下午 1 点准时开始，1 点一定是集合时间。

　　轻井泽的夏季天空很蓝，不过此刻的浅间山躲在云后，目之所及也看不到小浅间。轻井泽站周围，来自大城市的年轻人穿着自己喜欢的衣服聚在一起。有要返回东京的人，有来迎接伙伴们的人，有来买明天车票的人，有租车的人，有排队等出租车的人，非常热闹。

　　盛夏的白天，阳光格外明媚，基本感受不到高原地区的凉爽，空气中还带着黏腻的感觉。如果天气不好，这里的湿度会相当高，让人感到凉爽的，恐怕只有轻井泽这个地名而已。

　　天知和春彦决定步行前往别墅。他们横穿过被等红灯的汽车填满的国道 18 号线，走上向北延伸的道路。一路上都是绵延不绝的商店街，这条旧道以轻井泽银座为中心，东边是碓冰岭，西边是离山，北边是三笠，南边是轻井泽站，这一片地区就是过去的轻井泽。

　　江户时代，轻井泽是驿站。明治二十一年（1888 年），英国传教士在这里建了别墅后，轻井泽成了全国著名的避暑胜地。轻井泽扩张后，这一片地区被称为旧轻井泽。

　　旧轻井泽有很多传统上流阶级、旧财阀和老富豪的别墅。与位于中轻井泽和南轻井泽的新兴别墅区不同，旧轻井泽周围有森林环绕。林子里都是老树，杂木很少。

森林面积广阔，有落叶松、白桦树、雪松、冷杉，本以为是森林的地方，深处却能看到别墅，森林成了庭院的一部分。总而言之，这里有很多豪华别墅。

走进别墅区后，气温变得凉爽。周围全都是林荫，绿意盎然，照不到阳光的路呈现出白色。风也变凉了，天知一边擦汗一边松了口气。来往的车变少了，而且也看不到人影。

不知道从什么地方传来打网球的声音，外国人一家从天知旁边骑着自行车经过。一位身穿骑士服的年轻女性沿着白桦林中的小路策马而来。

很有轻井泽的氛围。

西城丰士的别墅位于三笠以南，旧轻井泽田园俱乐部以东，被称为天鹅湖的云场池以北。别墅北边是落叶松林，其他三面是郁郁葱葱的冷杉林。

门前是一条弯弯的车道。像公园一样宽敞的庭院里有花田和草坪。网球场、水池周围长满了白桦树。车道一直通到位于别墅正面的主屋。

主屋是一栋三层洋房，虽然豪华但不新。这是一栋洛可可风格的建筑，常春藤缠绕着整栋洋房。走到玄关门廊上的时候，天知和春彦都不由自主地蹲了下来。

"好漂亮。"天知停下擦汗的手，抬头看着眼前的建筑。

"嗯。"春彦附和了一句，表情兴奋地笑了出来。两人一起蹲下的情景一定很奇怪。

"啊呀……"

院子里传来女人的声音。

看见两个人手牵手走了过来，天知急忙站起身来。穿着玫瑰花图案 T 恤、白色棉布短裤的是西城富士子。

身穿白色连衣裙的皋月率先跑了过来。皋月停住脚步，看到是春彦后就笑了起来。春彦乖乖站了起来，冲着皋月轻轻点头示意。

"感谢您的邀请，特前来拜访。"天知对西城富士子说。

"欢迎光临。"富士子鞠了一躬，不好意思地垂下目光。

"我迟到了吧。"天知把视线从富士子形状迷人的胸脯和腿上移开。

"我还以为会见不到您，一直静不下心来，所以才在院子里转来转去。"富士子微微一笑。

看到她喜悦的面孔，天知昌二郎反而情不自禁地想要告诉自己，什么事情都不会发生。

## 5

三层的 10 个房间全都是客房。尽管有古色古香的感觉，不过室内非常干净，完全没有受到损伤的地方。房间里有一张双人床，可以供客人过夜。

10 个房间里的 8 间分给了派对的客人。一人占据一间的只有两位新郎候选人石户昌也和小野里实，以及前秘书泽田真弓。其他房间里都住着两个人，天知和春彦、浦上礼美和前田秀次、大河内夫妇、进藤夫妇以及绵贯夫妇。

西城家人的房间似乎在二楼。说是家人，其实只有西城丰士和西城若子夫妇、富士子、皋月罢了，以及一名从东京的住处过来帮忙的用人。

除此之外，还有一对从以前就开始负责管理别墅的老夫妇。在今天和明天，以管理员的妻子为核心，一共雇用了当地的 5 名主妇，负责烹饪、接待客人和收拾整理等工作。

下午 3 点以后，客人们齐聚一堂，听说从下午 1 点开始，客人们就聚在一楼大厅里闲聊了。大厅在餐厅旁边，面积有30 叠，布置成沙龙的风格。

最后，因为天知父子和绵贯夫妇迟到的缘故，客人们从下午 3 点之后才开始做自我介绍。13 名客人加上西城夫妇、富士子和皋月，一共有 17 个人聚集在大厅里。因为是在别墅里举办的派对，所以没有人身穿礼服。

"我来说一句。"

西城丰士站在大壁炉台前，笑容满面地看着众人。他身高 180 厘米，一头白发，面部轮廓深邃，白皙的肤色很优雅。这位教授身上散发着出身名门的气质，让人想称赞一句"美老年"。

原来这就是英国绅士。尽管在女学生中颇受欢迎，却看不出这位教授会做出强奸女学生的事情，不过这终究只是外表。他穿着白裤子、粉丝衬衫和白色皮带，脖子上围着一条银色领巾。

站在他身边的若子也面带微笑。虽然身材有些丰满，不过足以看出年轻时的美貌。她看起来四十五六岁，气质高雅又时尚。她穿着法式袖薄毛衣和浅紫色喇叭裤。富士子换上了一条天蓝色的连衣裙，皋月还穿着和刚才一样的衣服，开心地跑来跑去。皋月一边跑，一边关心着春彦。

"今天，感谢大家在百忙之中欣然赴约。我衷心感谢能够得到这个向大家鞠躬的机会。"

西城丰士的表情和话语中夹杂着幽默，只是看着他就让人心情愉快。

周围笑声和掌声不断。

"虽说是派对,不过大家完全不需要拘谨,派对没有流程一说,晚餐是烧烤,大家只需要尽情吃喝,尽情聊天玩耍,睡一觉之后回家就好。"

西城丰士很会说话,不会让听众厌烦。

"今天是我的生日,对我来说,应该是一个值得纪念的生日。第一,我决定从今天开始彻底引退,不再担任教授的职务,不再发表作品,不再参加演讲、研究会和公开聚会,开始过隐居生活。为了纪念我这个'老兵'引退的日子,我打算定下女儿富士子的婚事,并且向大家公布。"

西城丰士说完,望向富士子、石户昌也和小野里实。

富士子低着头。

医生石户昌也嘴角露出微笑。

律师小野里实急忙换上一本正经的表情,调整好姿势。

"我有一件事情想问老师……"

有人发言,是副教授进藤信雄。

"什么事?"西城丰士面对徒弟,用的是老师的口吻。

"今天受邀前来参加派对,我深感荣幸,可是我不明白在您宣布引退的这个值得纪念的派对上,为什么会邀请我这种人呢?请您告诉我,您是以什么标准把我列入邀请对象的呢?"进藤副教授滔滔不绝地一口气说完。

"你不需要想得那么复杂。就像大家知道的那样，今年1月发生了一件对我来说不太好的事。尽管不至于闹得太大，可是既然要隐居，我自然想全身而退，不留任何污点，这是人之常情。而且素质低的人恐怕会在背后议论，说我是因为那件事情才引退。所以我想在这个值得纪念的日子里，让大家明白我过去没有做过任何亏心事这个事实，因此邀请了我认为最合适的各位。"

西城丰士的语气有些激动。

没有人说话，所有人都保持沉默。只有几个人表情稍显僵硬，尴尬地移开目光。

"详细情况稍后我会慢慢说明，致辞就到这里吧。首先，请允许我向大家一一介绍到场来宾。"

西城丰士从壁炉台前离开，开始按顺序介绍身边的客人。他走到每一位客人面前，握手后向大家介绍这位客人的姓名和职业。

天知在脑海中对上了所有人的长相和姓名，观察每个人瞬间的表情和反应。天知的印象如下：

石户昌也，35岁，医生。

高个子，身材不错，适合穿西装打领带。看起来很聪明，是个自信的人。有距离感，总是面带笑容，或许是想要表现出从容的样子，让人不知道他在想什么。

**小野里实，34 岁，律师。**

一本正经的热血类型。身材魁梧，充满激情地辩论时应该很有压迫感。戴着茶色眼镜，不是墨镜，一定是有度数的眼镜。

**浦上礼美，22 岁，女学生。**

日式美人，肤色白皙，眼睛细长清秀，可是嘴长得不高级，整张脸给人一种优柔寡断的感觉。身穿白色喇叭裤套装，乍一看是个温顺的女学生，其实相当强势。

**前田秀次，23 岁，礼美的恋人，学生。**

口齿不算伶俐，暴发户家的花花公子，缺乏知性的帅哥。毛毛躁躁，总是抖腿。穿着牛仔服和牛仔裤，装不良的柔弱青年。

**大河内洋介，51 岁，大学教授。**

医学院教授，名医，会滥用权力的人。一辈子不缺钱，却抵抗不住金钱的诱惑。

**大河内昌子，38 岁，大河内夫人。**

身材丰满，看起来正值女性最美好的年华，眼神中带着浑然天成的妩媚，十分性感，完全是性感人妻的写照。

　　*进藤信雄，44 岁，大学副教授。*

　　身材矮小，气质也不大气。做大人物的跟班，企图出人头地的类型。因为聪明狡猾，恐怕是个善于处世的人。不过估计做到副教授就到头了。油光满面，精力充沛。

　　*进藤季美子，39 岁，进藤夫人。*

　　一句平凡就能概括，看起来是个把所有事情交给丈夫，悠闲生活的妻子。不过现在惊讶于别墅的豪华程度，正在怯生生地四处张望。

　　*泽田真弓，30 岁，西城丰士的前秘书。*

　　大龄未婚女性，总有一种死板的气质，不过是个大美人，而且很有魅力。以前应该是个能力出众、容貌姣好的秘书。虽体态丰腴，但是表情阴郁，而且眼神中带着挑衅。

　　*绵贯纯夫，33 岁，西城丰士的侄子。*

　　天知惊讶于这个人的长相、气质都和自己很像。但是无所畏惧和傲慢的态度表现得太明显。对富士子的态度冷淡疏远，与伯父西城丰士的感情似乎也不好。

　　看起来心情不好，叛逆。

　　*绵贯澄江，29 岁，绵贯夫人。*

　　自视甚高的女人，装模作样。算是个美人，但无论再怎么装腔作势也没有贵妇人的气质。衣服相当华丽，看起来自尊心很强。沉默寡言，不会主动亲近其他客人。无视西城夫妇和富士子，与他们保持距离大概是夫唱妇随的表现。

可是在这群客人之间并没有表现出会有麻烦的事情发生的迹象。大家在表面上勉强粉饰太平，努力做出一派友好畅谈的样子。喝过酒后，无论男女都变得开朗起来。

客人们在不知不觉间分成了男人帮和女人帮。男人们放声大笑，看起来很开心，女人们也聊得热火朝天。富士子加入了女人帮。

在男人帮中，西城丰士的侄子绵贯纯夫沉默寡言，格格不入。新郎候选人石户昌也和小野里实的举止看起来若无其事，其实明显在相互竞争。

两人都在关注富士子，并且相互牵制。石户昌也脸上始终带着一丝笑意，为显示自信和从容，而小野里实则是一副斗志满满的样子。

傍晚时分，众人开始在池边举行烤肉派对。来帮忙的主妇们也加入进来，现场变成了一场20多人的热闹派对。男人女人们都有了醉意，入夜后，气氛更加欢乐。

除了水银灯之外，池边还点起了篝火。在灯光和火光的照耀下、白桦林、花田以及绿草坪变得愈发鲜艳。倒映在水面上的夜景很美，周围的人们同样光鲜亮丽。

春彦和皋月绕着水池来回奔跑。

富士子不停地在宾客之间穿梭，显示主人的热情。她一碗水端平地与石户昌也和小野里实聊天，还常常来到天知身边，富士子看起来也喝醉了。

烤肉派对在晚上 9 点结束。众人回到一楼的餐厅继续喝酒。不久后，舞会开始了，只有绵贯纯夫和绵贯澄江夫妇没有跳舞。

石户与小野里似乎都想和富士子跳舞，但富士子一直在和天知跳舞，不给其他男人邀请自己的机会。

跳舞的时间结束后，天知和西城若子聊了几句。若子的呼吸相当急促，她一直在和丈夫西城丰士跳舞，一定跳累了。

"西城先生的舞跳得真好。"天知的话中完全没有恭维的意思。

"嗯，他从年轻的时候开始就自称调情高手，而且常常出国，所以只要是和女人一起做的事情都很拿手。"

若子笑得很优雅。尽管现在有些发福，但身材高挑。虽然和西城丰士跳舞时显得娇小，不过那是因为教授太高了，若子的身高至少有 160 厘米，年轻的时候多半身材很好。

"那么在 50 岁之前，恐怕许多女性都不会放过您先生吧。"

"是啊，以前好像发生过不少事。"

"夫人您也很辛苦吧?"

"不，我完全不在乎。一段风流韵事结束后，他都会向我坦白，所以我并不觉得多么受打击。"

"既然能向夫人坦白，应该就不是太值得担心的事情吧。"

"而且我是个传统的女人，不会对丈夫的花心斤斤计较，哪怕是自己的丈夫，我也会觉得他被女人纠缠说明他有魅力。"

"以前的女性真了不起。"

"不，就算是现在的人，上了年纪就会明白了。不被其他女人放在眼里的丈夫是很无聊的。"

若子开心地笑了，或许她也有些醉了。

到了晚上 11 点，绵贯夫妇率先回到三楼的房间。

然后是烂醉如泥的进藤副教授，他和妻子季美子一起消失了。

大河内教授与妻子昌子也开心地走向三楼。

在晚上 12 点之前，石户医生和小野里律师先后离开餐厅。最后是前田秀次和浦上礼美这对学生情侣，两人抱在一起向三楼走去。

"天知先生，其实有件事想特别拜托您。"西城丰士和若子共同起身对天知说。

"什么事？"天知与富士子对视了一眼。

富士子礼貌地从天知身边离开，向春彦和皋月睡觉的沙发走去。

"能不能请您在明天早餐前到休息室来一趟？休息室在玄关的尽头。"西城丰士说。

"我知道了，早餐前我一定到。"天知回答。

"祝您晚安。"

"我们先告辞了，晚安。"

西城丰士和若子笑着道别后离开餐厅。

餐厅里只剩下天知、富士子还有春彦和皋月。天知和富士子分别抱起春彦和皋月。两人离开餐厅走上楼梯，然后在二楼道别。

"你很快就会来吧，我在楼梯下面等你。"富士子抱着皋月小声说。

天知只是点了点头，脚步不停地向三楼走去。三楼左侧的第一间房间是他和春彦的房间。天知没有换衣服，把春彦放在其中一张床上。

之后天知马上离开房间，蹑手蹑脚地快步走下楼梯。富士子出现在一楼的走廊里。一楼已经鸦雀无声，来帮忙的主妇们早就回家了。睡在一楼的人只有管理员夫妇和西城家从东京带来的年轻用人。

富士子先一步走进大厅，打开面向阳台的玻璃窗。她和天知从阳台走到院子里。天上没有月亮，不过院子里宽敞又明亮。两人避开水晶灯的灯光，沿着主屋走在昏暗的地方。

两人从主屋西侧走出后横穿院子，走向往下的斜坡。下到斜坡底部后，有一个 25 米长的水池。水池周围光线昏暗，远处的水银灯将池水染成蓝色。

这是一片无人的世界，现实感逐渐消失，两人仿佛登上了一座浪漫的舞台。富士子和天知坐在长椅上，背后是十来棵白桦树。两人之间不需要语言。

天知自然而然地揽住了富士子的肩膀，富士子靠着天知，仿佛等待已久。天知深切地感受到富士子火热的身体，柔软的触感和身上的香味。

"就像做梦一样。"富士子说，声音很甜美。

"同感。"天知想起了田部井的脸。

"是因为我喝醉了吗?"

"你醉得很厉害吗?"

"这是我有生以来第一次喝这么多酒。"

"为什么要喝这么多?"

"因为想醉吧。"

"为什么……"

"一半是因为开心,你就在我面前。"

"剩下的一半是自暴自弃吧。"

"一定是这样,我实在很讨厌。"

"那两个人吗?"

"对,因为我爱着你啊。我从半年前开始就爱上你了,每天都无法忘记你,特别痛苦。"

"可是约定必须遵守,事到如今已经无能为力了吧?"

"看着春彦和皋月,我很羡慕,我希望至少要让春彦和皋月结婚。"

"春彦比皋月小一岁。"

"哎呀,大自己一岁的女人是理想的妻子吧。"

"总有一种在偷情的感觉。"

"你是说和我的关系是在偷情吗?"

"难道不是吗?"

"讨厌，这种事情……"

"必须避人耳目，这就是不道德的爱情啊。"

"要是明天不会到来就好了。"

"明天一定会到来。"

"讨厌，我好像要疯了。"

"到了明天，你的婚事就定了，我也很难过。"

"天知先生，你是爱我的吧?"

"讽刺的是，今天晚上我看清了自己的感情。"

"我好开心，我爱你。"富士子抱紧了天知的肩膀。

"我也是。"天知冲动地抱紧了富士子。

两人唇齿相依，这是一个激烈的吻。不知道是谁主动张开了嘴，舌头纠缠在一起，富士子的整个身体传达出一股近乎疯狂的热情，说明富士子拥有丰富的深吻经验。

但天知当然并不会对此感到失望。他回应着富士子的热情，继续这个长长的吻。

## 6

第二天的早饭定在早上 8 点。7 点 30 分，天知昌二郎洗完脸向一楼的休息室走去，敲了好几次门都没有人回应。天知打开门看了看休息室里面，但是屋里似乎没人。

窗外的绿植像被水洗过一样鲜艳，其实地面上的一切都被水洗过。凌晨时分下过一场暴雨，一个小时之后雨过天晴，现在明媚的阳光洒向地面。

倾盆大雨仿佛是假的一样，地面上甚至没有留下水洼。突如其来的大雨过后，立刻变成了盛夏时节日间该有的天气。这一点很有山中避暑地的特点。

天知在休息室里等到 8 点，没有人来到休息室。于是他放弃等待，离开了休息室，邀请天知的西城丰士并没有出现，或许夫妇俩都睡过了头。

天知向餐厅走去。餐厅里早餐已经开餐，最受欢迎的是红茶、咖啡、番茄汁和橙汁。

只有女人们展现出旺盛的食欲。除了绵贯纯夫和天知以外，其他男人都顶着一副宿醉的表情。他们只摄入水分，碰都不碰面包、火腿和鸡蛋。

春彦和皋月冲进了餐厅。两人刚一坐下就开始狼吞虎咽。春彦和皋月坐在富士子两边的椅子上，坐在中间的富士子正对着天知。

"早上好。"富士子把红茶放在天知面前，并不正视天知的脸。

"早上好。"天知用早餐杯挡住脸望向富士子。似乎感受到了天知的视线，富士子的脸上划过一抹害羞的表情。

西城丰士和若子也没在餐厅里。两人的座位空着，而且早餐也没有动过。明明客人都到齐了，西城夫妇不应该还在睡觉。

"老师和夫人……?"进藤副教授询问年轻的用人。

"不知道……"用人疑惑地说。

"不应该还在睡吧。"

"嗯，他们不在卧室里，老师和夫人平时都起得很早。"

"'很早'是什么时候呢?"

"就连在东京的时候，他们也会在早上 6 点起床。"

"那么今天早上 6 点，二位也已经起床了吧。"

"我想应该是的，今天早上我们是 6 点半起床的，在那之前……"

"之后他们去散步了吧?"

"他们住在别墅的时候一定会散步，所以应该是这样没错。"

"那么你今天早上也没见到过老师和夫人吧。"

"对，今天早上还没有见过二位。"用人说完，吐了吐舌头。

大家看到后都笑了。

用人逃跑似的离开了餐厅，管理员夫妇随后走了进来，两人端来了一个装着水果的大盘子。

"你们看到先生和夫人了吗?"这次是天知来询问管理员夫妇。

"没有看到。"管理员说完后看了看妻子。

"我们今天早上是 6 点半起来的，所以……"管理员的妻子摇了摇头，给出了和用人一样的答案。

"那么先生和夫人起得更早，然后出门了吗?"天知盯着管理员的脸问道。

"是散步，二位总是在 6 点左右出门散步。"管理员说得斩钉截铁，露出了一丝苦笑。

"可是，现在已经 8 点多了。"

"是啊。"

"就算 6 点出门，也已经过了两个多小时了。"

"是的。"

"二位平时也会散步这么久吗?"

"对，三四个小时是常有的事。兴致来了就会延长散步的路程，绕着孤山的远足路线走一圈。"

"三四个小时都不回来啊。"

"因为锻炼腿脚是先生和夫人的养生法。"

管理员和他的妻子看起来完全不担心。

可是天知感到一股莫名的不安。今天早上和平时不一样，西城夫妇亲自邀请了 13 名客人，至少要一起吃一顿早饭才符合礼仪吧。

他们不会放着客人不管，出门散步好几个小时。而且西城夫妇真的如此重视自己的习惯吗？还是说老人会如此彻底地以自我为中心？

不，不该是这样的。西城丰士说过早餐前有事想特别拜托天知，请他前往休息室。如果他们沉迷于散步，连这种事情都能抛到脑后，恐怕就不是正常人了吧。

西城夫妇究竟消失在什么地方了呢？或许真的出了什么事。然而天知不能轻易把这种推测说出口，只能再看看情况。

餐后的闲谈一直持续到 9 点。

之后，众人来到水池旁边，已经到了艳阳高照的盛夏时节，是最适合玩水的天气。到了下午，天气往往会突然转阴。要想在太阳光下游泳，选择上午更加保险。

水池边摆着几张折叠躺椅。看到带沙滩遮阳伞的桌子上准备了酒精饮料，还有几分宿醉的人们立刻来了精神。

他们打算以酒解酒，发一发汗，热了就下水游泳。天知穿着西装坐在树荫下的躺椅上，他并不想游泳，满脑子想着必须监视所有人。因此，他的眼睛一直盯着水池边的人们。

大多数人都换上了泳装。

穿着泳装的大河内教授、进藤副教授、学生前田秀次和浦上礼美围坐在一张桌旁。另一张桌子上坐着石户医生、小野里律师、大河内的妻子昌子和进藤的妻子季美子。

他们在喝红酒和啤酒。

稍远处，富士子和泽田真弓坐在桌子两边的躺椅上。泽田真弓穿着泳装，富士子却穿着衬衫和短裙。她一定是不想让石户和小野里看到自己穿泳装的样子。

在水里独自游泳的，是绵贯纯夫的妻子澄江。澄江炫耀似的跳进水里游着，不是因为不合群，而是在展示她自信的泳姿。

春彦也在水里。他不会游泳，所以一直抓着池边。皋月也穿着泳装，却在水池边跑来跑去。

天知发现少了一个人，他没有看到绵贯纯夫的身影。他和妻子澄江一样不合群，总是与其他人格格不入，这样的绵贯纯夫又采取了单独行动。

已经过了上午 10 点，泳池周围的情况变了很多。

绵贯澄江还在游泳，另外，进藤副教授和大河内夫人昌子也下了水。两人似乎都喝醉了，在水里你追我赶，吵吵闹闹。

　　躺在躺椅上的是大河内教授和进藤的夫人季美子，还有学生前田秀次。浦上礼美和泽田真弓则躺在水池边晒太阳。

　　石户医生和小野里律师在水池边一次又一次比赛谁憋气的时间更长。

　　富士子在水池边走来走去，躲开众人的目光来到天知身边。现在是 10 点 30 分。就在这时，天知看到有人从院子里的斜坡上走下来，是绵贯纯夫。

　　绵贯纯夫穿着西装和鞋子，还戴着墨镜。随后，他坐在躺椅上，无聊地看着回归童心的大人们胡闹的样子。

　　"已经 10 点半了吧。"富士子看着时钟说。

　　"先生和夫人究竟去哪里了啊？"天知站起身来。

　　"如果他们回来了，应该会过来的。"富士子皱起眉头，似乎有些不安。

　　"如果他们是 6 点出门，现在已经过去了四个半小时了。"

　　"再怎么说也太慢了，好像还是第一次有这种事情。"

　　"很奇怪，是不是出什么事了？"

　　"出事，是事故吗？"

"不，是失踪。"

"失踪？"

"也就是说，我觉得他们可能在这栋别墅里失踪了。"

"怎么会……有可能发生这种事情吗？"

"如果已经变成了尸体，不就有可能发生了吗？"

"尸体！"富士子高声尖叫。

与此同时，富士子和天知同时回头，因为他们听到有脚步声靠近。站在两人面前的，是不知所措的管理员夫妇，两个人都汗流浃背。

这对夫妇站在一起时，两人浅黑色的皮肤让人印象深刻，是长时间的日照把皮肤晒黑了。天知不由想到，这对已经在轻井泽住了十年，负责别墅管理的夫妇为什么会晒出一身黝黑的皮肤呢？

管理员内海良平，55 岁。他是个沉默寡言的男人，看起来忠诚老实，却透着一丝阴郁。听说这个中年男人喜欢独自一人在安静的地方默默生活。

确实很适合做别墅的管理员。

听说他的妻子乙江今年 48 岁，不过外表比实际年龄年轻三四岁。大概是因为能说会道，她看起来是个开朗的人。可能是夫妇俩没有孩子，所以心境很年轻吧。当然，她很喜欢孩子。

这对性格完全相反的管理员夫妇现在都带着一副阴沉的表情。

"事情似乎很奇怪。"管理员做了一个深呼吸之后说。

"怎么了?"富士子紧张地问。

"我发现先生和夫人的鞋子一双都没有少。"

"啊?!"

"先生和夫人离开别墅的时候要穿鞋吧,既然鞋子全都在,就说明先生和夫人没有出门。他们应该在家里,或者穿着拖鞋去了院子里。"

"那么家里?"

"我们分头找过了,哪里都没找到。刚才我老婆在院子里转了一圈,还是没有找到……"

"看过车库了吗?"

"嗯。"

"怎么会有这么奇怪的事?"富士子使劲摇了摇头。

"我也觉得奇怪。"内海管理员双手抱头。

"别墅区域里还有其他建筑吗?比如距离主屋很远,人们一般不会靠近的建筑?"天知插了一句。

"北边以前有一栋存放木柴和煤炭的建筑,不过很难想象先生和夫人会在那种地方。"内海管理员一边认真思考一边回答。

"去那里看看吧。"天知自言自语地说了一句。

不知不觉中，有五六个人凑了过来。富士子身后，石户、小野里、进藤副教授、泽田真弓带着疑惑的表情站成一排。

"把孩子们带回屋子里。另外，请把女士们也带进去。"富士子用命令的口吻吩咐管理员的妻子乙江。

于是众人分成了三组。春彦、皋月、大河内夫人昌子、女学生浦上礼美、前秘书泽田真弓和进藤夫人季美子跟着管理员走向主屋。

留在泳池里和泳池旁边的有在躺椅上睡觉的大河内教授、学生前田秀次、漠不关心继续游泳的绵贯澄江，还有泳池边的绵贯纯夫。

内海管理员前往主屋北侧的建筑，跟随他的有天知、富士子、石户医生、小野里律师和进藤副教授。六个人径直走在草坪上，横穿烈日下的宽敞庭院。

不一会儿，他们绕到了主屋北侧。小路从冷杉林之间穿过，然后又穿过落叶松林。一栋四四方方的水泥建筑出现在别墅区域里最昏暗的位置。的确是没有事的话所有人都不会靠近的地方。

　　其实这是一栋已经失去作用的建筑，是厨房烧柴、暖气烧煤时代的遗留之物。如果是木头房子的话早就荒废了，就因为它是水泥仓库，所以现在依然像碉堡一样坚固。

　　内海管理员站在方形水泥建筑前介绍："现在，我还会每隔十天左右来这里看一次。一楼放着木柴，地下是存放煤炭的仓库。地下只挂着一颗灯泡，不过姑且是通电的。"

　　从地下 30 厘米左右的位置开始，水泥墙壁变成倾斜的，那里镶着一块 50 厘米见方的窗户。里面装有铁丝的毛玻璃镶嵌在窗框里，是地下室的采光天窗。

　　采光天窗上没有把手，嵌死的窗户没有任何能抓住的地方，所以无法从外面打开。如果从内侧向上推，应该可以打开。

　　一楼的门轻轻松松地打开了。天花板很高，面积有 6 叠大小，房间里空空如也，四面是水泥墙，当然没有人，甚至连一块木板一根稻草都没有落下。

　　众人沿着通往地下的楼梯向下走。楼梯很宽，中间只有一块平台。楼梯的最下方有一扇大铁门。铁门没有生锈，发出红黑色的光。

　　门上有一个铁片，铁片上开了洞，安装在铁柱上的搭扣和铁片重合，只要锁上挂锁，就绝对没办法打开。这是旧式仓库门上常见的锁。

门上没有看到挂锁，内海管理员握住一字形的门把手拉开铁门。他以为能轻松地打开门，但是门内只传来金属碰撞的声音，铁门纹丝不动。

"打不开。"管理员说。

"为什么打不开？"富士子用手敲了敲门，但没有响起敲门声。

"门从里面锁上了。"

"门里的锁究竟是什么样子的？"

"和外面的锁完全相同。搭扣和门上的铁片重合，然后用挂锁穿过重合的洞。"

"那就是说门里有挂锁吧？"

"是的，就是这样。反正是不再使用的仓库，所以就把大挂锁挂在了门里的一字形门把手上。"

"给挂锁上锁或者开锁的钥匙在哪里呢？"

"就插在挂锁的锁孔里。"

"现在，这扇门之所以打不开，是因为从里面用挂锁锁上了吧。"

"我想只能是这样。"

"就是说有人进入了位于地下的仓库，从里面锁上了挂锁吗?"

"是的。"

"谁在里面?"

"不知道,但是里面的人要是想出来很简单,用钥匙打开挂锁,把挂锁从门上摘下来,门就开了。"

"但是门并没有开,是不是因为里面的人不打算出来,也没有能力出来呢?"

"如果是这样的话,大小姐……就说明里面的人已经死了。"

"总而言之,要确定里面是不是有人。"

"但实在没办法打开这扇门。"

"能不能从外面的天窗进去?"

"那扇天窗外面没有任何能抓的地方,没办法拉开。"

"可以打破天窗的玻璃吧。"

富士子泫然欲泣,焦躁得不停踏步。

管理员同样脸色苍白,三个只穿着泳装的男人抱紧双臂,冷得瑟瑟发抖,变了脸色。

"不能乱来,最好保持原状联系警察。"天知说。

"就这样办吧,我去打电话……"管理员转身跑上楼梯。

天知、富士子、石户、小野里、进藤五人也来到地面上。

地面上既明亮又炎热，能听到蝉鸣声。地面上和地下的差异太大，让人感觉仿佛遭遇了恶作剧，甚至觉得并非置身于轻井泽的豪华别墅里。

20分钟后，两名穿着制服的警官来到别墅。警察仔细检查了地下仓库的门后，其中一个人再次离开，去联系别人了。又过了约30分钟，另外两名穿着制服的警官和穿着便装的警察到了，还有两名负责操纵燃烧器和液化气瓶的操作员。

操作员开始用燃烧器烧门。铁门的下半部分开了一个洞，不一会儿就开出了一个能供人爬进去的四方形洞口。便衣警察们从洞里爬进地下仓库。

地下仓库和一楼一样，面积有6叠左右，天花板很高。天花板、地板和四周的墙壁都用水泥加固过，仓库里没有放任何物品。

果然连一块木板和一根稻草都没有落下，只是一个用水泥围成的空间，甚至看不到用作煤炭仓库时留下的黑色粉末。天花板上贴着一颗灯泡。

天花板角落的部分微微倾斜，那里是采光天窗。装有铁丝的毛玻璃大小有50厘米见方。采光天窗的高度有3.8米。

供人出入的铁门只有一扇，再加上位于3.8米高处的天窗，除此之外，天花板、地板和墙壁全都是水泥砌成的。铁门从内侧紧紧锁上了。

铁门正对面的墙边，是西城丰士和妻子若子的尸体。西城丰士穿着白衬衫、长裤和皮带，脖子上戴着领巾。若子穿着薄毛衣和喇叭裤。两人都穿着拖鞋。

西城丰士在下，若子的身体压在他上方，两人周围有一摊呕吐物，一看就知道是中毒而死。夫妇二人身上都没有遗书或者有价值的随身物品。

掉落在尸体附近的只有两件物品，是两瓶矿泉水。虽说是瓶子，但并非玻璃瓶，而是合成树脂做的瓶子。外表很像中等大小的玻璃瓶，但拿在手里马上就会发现是合成树脂。

这是为了防止瓶子里的液体在寒冷的冬天结冰，导致瓶身破裂。合成树脂不会裂开，经常在避暑地的别墅里作为过冬用的矿泉水容器。

这两瓶矿泉水和西城家别墅里大量保存的合成树脂瓶矿泉水一样，一定是其中的两瓶。合成树脂瓶里留有少量水。

还有一个奇怪的东西。

那便是水泥地板上像划痕一样的字母。若子的右手手指里握着一个瓶盖。合成树脂瓶的瓶盖是金属的，若子一定是死前用这个瓶盖在水泥地板上留下了字母，能看出是 WS。

当然，W 和 S 是横着写的，尽管字体很大，相当潦草，不过一定是 W 和 S。不知道若子是写到一半就用尽了力气，还是已经写下了完整的信息，也不知道这两个字母是什么意思。

铁门上的铁片和搭扣重合，上面挂着大型挂锁。挂锁锁得很牢固，只有一把钥匙。钥匙平时一直插在锁孔里，可是现在却找不到了。警察们拼命搜索，总算发现钥匙掉在了水泥管里，是冲洗水泥地板后用来排水的管子。水泥管竖着埋在门内侧。水泥管里面 1 米左右的地方已经彻底堵住了，钥匙就掉在彻底堵住的水泥管里。

水泥管的直径是 10 厘米，胳膊伸不进去，更不用说钥匙在 1 米深的地方，不可能把手伸进去捡起钥匙。警察们也是把挂着鱼钩的铁丝伸到水泥管里，费尽心力才拉出了钥匙。

从水泥管里捞上来的挂锁钥匙上没有检查到指纹。地下室里的墙壁、铁门、挂锁等地方留下了指纹和掌纹，但全都是不清晰的，抑或者是西城夫妇、内海管理员等自然而然留下的指纹和掌纹。

天窗的内外都没有检查出新的指纹。另外，也没有灰尘或者污渍碰到人的身体后留下的痕迹，这是因为天窗上并没有附着灰尘和污渍。

夏季的轻井泽天气变化无常，几乎每天都会下阵雨，下

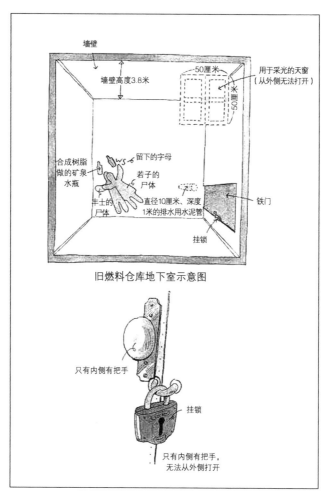

旧燃料仓库地下室示意图

引用并翻译自『有栖川有栖の密室大図鑑』（東京創元社 2019 年版）

暴雨也并不稀奇，天窗外面也一直在被雨水冲洗。

今天凌晨也下了一场倾盆大雨，所以天窗外面的灰尘和污渍被冲洗得格外干净。

而且天窗内侧也没有留下灰尘和污渍。管理员内海良平有兴致时会打扫地下室里和周围。他在五天前打开天窗，用抹布擦拭过内侧。

所以天窗内侧只检查出了内海良平的指纹。各处都没有留下清晰的痕迹。不知道是有人刻意抹掉了指纹和痕迹，还是除了西城夫妇之外没有人进出过地下室。

这是一个完全封闭的密室。在完全封闭的密室里死亡就是自杀，这种情况下只能认为是共同自杀。可是没有遗书的死亡方式太过突然，而且死者留下了 WS 这样奇怪的字母，所以也不能排除谋杀的可能性。如果是谋杀的话，密室内真的有可能完成犯罪吗？

轻井泽警署带着疑问，向长野县警搜查一课请求协助。为了明确死亡时间和毒物种类，西城夫妇的尸体需要进行司法解剖。在结果出来前，警察要求所有相关人员禁止离开。

8 月 9 日，长野县警搜查一课要求住在西城家别墅里的人们协助破案。协助内容是在真相大白前，一步都不要离开别墅。西城家的别墅门前一直停着一辆警车，穿着制服的警官加强了别墅周围的警卫。

　　但是，别墅里也发起了对密室的挑战。

## 第二章　共同自杀说

*1*

毕竟发生了这种事情，所有人都表情沉痛，别墅里的气氛很沉闷。发生了意料之外的事情，警察发布了禁足令。如果是谋杀，那么所有人都有可能被当作嫌疑人。

心情放松的只有管理员夫妇和从东京来的年轻用人。这三个人从一开始就没有被当成嫌疑人。三个人只是为了照顾被禁足的人们的饮食，才留在别墅内的，所以只有这三个人可以自由外出。

8月9日，从东京来的客人们用了整整一天时间来打电话。他们依次联系在东京的人，又忙于应付从东京打来的电话。天亮后，就到了 8 月 10 日。

众人终于平复了心情，重新冷静下来。一直处于虚脱状态，格外憔悴的人当然是西城富士子。为了让富士子能振作起来，天知昌二郎在她面前勉强露出微笑。

到了 8 月 10 日傍晚，西城夫妇的解剖结果出来了。

死因是三氧化二砷中毒。两瓶合成树脂容器中残留的水里检出了三氧化二砷，警方判断两人分别喝下了含有 0.25 克左右三氧化二砷的水。死亡时间预计为 8 月 9 日上午 10 点左右。

8 月 9 日上午 10 点是所有人聚集在泳池旁的时间。

西城夫妇的死因和预计死亡时间确定后的 8 月 10 日晚上，所有人聚集在沙龙风格的大厅里。没有人召集，大家就像说好了一样纷纷走进大厅。

不仅是因为无聊，大家想散散心，而且一个人或者两个人独处，总觉得心里不踏实。一想到这栋别墅的主人夫妇都死了，大家就想营造出热闹一些的氛围。

恐怕正是同样的想法让所有人采取了相同的行动。只要人多，心情总能好一些，而且几个人聚在一起还能喝喝酒。于是最后，无论男女都喝起了酒。

已经过了晚上 9 点，只有春彦和皋月被赶回了卧室，两个孩子什么都不知道，在大厅里跑来跑去。尽管这幅景象有治愈作用，不过依然让喝过酒的大人们感到厌烦。

春彦和皋月离开后，富士子也加入进来，人数变成了 13 人。这 13 个人分成 4 组，一边喝着各自喜欢的酒一边聊天，气氛远比吃晚饭时欢乐。

晚上 10 点过后，富士子的叫声突然响彻整个大厅。富士子和石户、小野里以及进藤副教授在一起，所有人的视线都集中在他们身上。

"这样未免太轻率了吧！"富士子提高声音，声音中带着少有的怒气。

"为什么轻率？"小野里律师大声回答，同样用了没有听过的尖锐音调。

"这是常识。"富士子严厉的表情也带着别样的美。

"我是法律工作者，自认为很有常识。"小野里同样情绪高涨，或许是因为酒精的影响，他陷入了某种兴奋状态。

"我父母变成了那副样子，连一炷香都没上过啊。"

"所以你说轻率吗？"

"社会上有红事白事之分，不能混为一谈，这是常识。"

"你是说，西城夫妇刚刚去世，现在提出我和你的婚事不符合常识，是吗?"

"当然。"

"这只是形式主义罢了。"

"不能忽视的形式也是存在的。"

"你能不能想一想更本质的事情?"

"您是说和我结婚，是更本质的事情吗?"

"不，不是这样，我是说应该坦诚、直率地尊重西城先生的遗志。"

"父亲的遗志是什么?"

"是他直到死前依然期待的事情，这就是故人的遗志。"

"您想说父亲直到死前都热切盼望我结婚吧。"

"事实如此，不是吗? 正因为如此，先生才会邀请石户和我。石户和我都是公务员，有很多工作要做。可是正因为我们不能把如此重要的事情置于脑后，才牺牲了所有工作来到这里。"

"给您添麻烦了，我深表歉意。"

"我希望你能更认真地想一想我的心意、你的心意，还有先生夫妇的期望。"

"可是现在……"

"没错，正因为现在是这种情况，才必须尽早决定。先生为了安心地过隐居生活，希望在隐居前把你的婚事提上日程。"

"我明白这一点。"

"先生确实过上了隐居生活，他在另一个世界隐居了。所以现在才必须有一个人成为你的支撑，认真守护先生的遗志。"

"我父亲在另一个世界隐居了，这是什么意思？"

"如字面意义所示。"

"我不太明白。"

"先生是自杀的，不就是在另一个世界隐居吗？"

"小野里先生，您认定我父亲是自杀的，父亲和母亲共同自杀的吗？"

"我觉得认定这个说法很奇怪。"

"为什么？"

"因为先生自杀是理所当然的结论。"

"可这是小野里先生的判断，没有证据证明这就是真相。"

"但是在没有其他可能性时，剩下的唯一一个判断就是真理，是真相。"

"您是说绝对吗？"

"绝对。"

"怎么会……"

"那么富士子小姐,你看这样如何?"

"嗯?"

"接下来我会提出合理证明,证明先生夫妇是自杀,也就是共同自杀。如果我提出的合理证明是正确的,富士子小姐和我的婚事就要进入具体讨论阶段,你觉得如何?"

"如何判断您的合理证明是正确的呢?"

"由这里的人来判断。只需要大家来表决,认可我的证明合理的人表示肯定,不认可的人表示否定就好。"

"简直就像审判一样。"

"我认为采取陪审团制度的判决在当前的情况下效果最好。"

"可是……"富士子低下头,深深叹了一口气,看起来气势大减。

"石户先生,你觉得怎么样?"小野里盯着沉默不语的医生。

"我无所谓。"石户笑着说。这位名叫石户的医生还是一副自信满满的样子。

"这样啊。"小野里满意地喝了一口白兰地。

"只是，我希望公平。"石户说道。

"公平是指?"

"在你提出合理证明后，由在座的各位进行判断，在此之后我恐怕会反驳你的说法。"

"哦? 是吗?"

"如果我的反驳不能同样接受大家的评判就不公平了。"

"原来如此，我明白了。由大家来打分，就能弄清楚谁的说法是正确的吧。最后获胜的一方将获得和富士子小姐商量婚事的权利。"

"就这样决定吧。"

"就这样决定了。"

小野里把右手伸向石户，且表情认真。

"你先请……"

石户笑着与他握手，轻松的态度与小野里正相反。

"大家认为如何? 是否同意?"小野里转过身，面向背后的客人们。

大厅响起稀稀拉拉、漫不经心的掌声。被迫协助别人求婚，这种事情太荒唐了，然而不能否认的是，大家对放出豪言要一决雌雄的小野里和石户口中的合理证明产生了好奇。

表示赞成的掌声中带着好奇的成分。

"富士子小姐，只剩你的回答了。"小野里低头看着富士子说。

瞬间，富士子的视线直直地盯着天知，她一定是在向天知求助。然而就算是天知也没办法在此时伸出援手，只能继续关注事情的发展，于是他故意露出一副漠不关心的表情。

"好吧。"富士子轻声说。

大厅里出现短暂的静默。

"我来负责提问。"进藤副教授突然举手说。这似乎正是进藤副教授的兴趣，无论在什么场合中，他都想要插上一脚，拍人马屁也是为了凸显自己。

"那么……"小野里走到壁炉台前。他正对众人，摆出一副威风凛凛的样子，突然有了几分威严。恐怕是因为他是律师，有上法庭的经验吧，只凭那魁梧的身材就很有压迫感了。

"谨在此为西城夫妇祈祷冥福，我将提出共同自杀说的合理证明。我在一开始已经提到过，我提出的观点并非突发奇想，而是我从昨天下午开始，花 30 个小时深思熟虑，分析研究后得出的一个结论。"

小野里鞠了一躬，摘下眼镜。他看起来热情高涨、干劲十足。

"我要提问。这里有一个问题，如果你不能给出合理的解释，那么共同自杀说从一开始就不成立。"进藤副教授叼着细支雪茄说。

"请您具体说说。"

小野里在壁炉台前慢条斯理地来回走动。

"那便是水泥地板上写下的 WS 的含义，下定决心自杀的人不可能在临死前留下信息。"

"您的问题很合理。"

"自杀的人为什么要写下 WS，她想要倾诉什么呢？"

"人在人生的最后阶段都有想彻底解决的事情，并且立刻付诸行动。对于自杀的人来说，最后想要解决的事情是什么呢？就是自己为什么、以什么样的形式死去。"

"现在我们就是想要明确西城夫妇是以什么样的形式死去的。"

"我说过是共同自杀。"

"你是说西城夫人为了明确共同自杀这件事，留下了 WS 的信息吗？"

"正是如此。"

"WS 为什么意味着共同自杀呢？"

"这里有语言学专家，由我来解释有些难为情，不过请

允许我用简单的英语来解释。首先，共同自杀在英语中有
'Die Together for Love'的说法。可是这个说法尽管同样是共
同自杀的意思，但是也有殉情的意思。所以让我们用另一种
说法，也就是'Double Suicide'吧。西城夫人想要留下的或
许就是这个词，只是已经没有充足的时间写完所有字母了。
于是她用 W 代表 Double①，并且把 Suicide 省略成 S。西城夫
人一定希望有人能够明白 WS 的意思是共同自杀。"

　　小野里挥了挥摘下的眼镜，人群中传出一阵窃窃私语，
纷纷表示理解。

*2*

　　WS 套在英语里可以解释成"共同自杀"。小野里实的解
释确实条理清晰。不愧是律师，让人忍不住想鼓掌，但是这
不过是一种推断而已，离结论相去甚远。

　　石户昌也医生带着旁观者的目光看着小野里，他并没有
笑，不过也没有丧失自信和从容。他的表情仿佛在说"因为
两人约好就算有异议也不能插嘴，所以我才保持沉默"。

———————————————

① W 的发音接近 Double（日文假名发音一样），所以日本人经常拿 W 指代
　Double。——译者注

西城富士子始终低着头。仔细想来，这次辩论的目的是获得西城富士子。从这个角度来说，她成了在众人面前出丑的人。

恐怕一想到有很多道视线集中在自己身上，自己仿佛是一份奖品，她就没办法抬起头来。而且富士子还有另一种不安，那就是万一小野里或者石户成功给出合理证明。

富士子不想和小野里或者石户结婚。可是一旦两个人中的一个完成约定，她也不能无视。富士子一定很害怕出现这样的结果。

"接下来，我要提出基本论点。"小野里休息片刻后开口说。

"什么是基本论点？"负责提问的进藤副教授一边弹烟灰一边问道。

天知昌二郎看着散落的烟灰，想起了田部井主编。

"基本论点就是支撑共同自杀说最重要的依据。"小野里律师双手叉在腰上回答，姿势很有律师的风范。

"请说。"或许叼着细支雪茄同样是进藤副教授的经典动作。

"我会解释清楚。简单来说，人的死法只有四种：他杀、自杀、事故以及自然死亡。没问题吧？现在我要排除不符合西城夫妇之死的死法。"

"是排除法啊。"

"那么最后剩下的死法就是西城夫妇的死法。这种方法是合理且正确的，应该就是真相。第一，先生夫妇是自然死亡，也就是病死的吗？"

"不是病死的，因为解剖结果已经出来了，死因是三氧化二砷中毒。"

"那么我从四种死法之中排除自然死亡。第二，两人是死于事故吗？"

"我尝试代表大家回答，两人的死恐怕也不符合事故。如果是脚滑掉进装有三氧化二砷的水槽里还能勉强算是事故，总而言之……"

"我认为没错，无论设想任何一种情况，两人都不可能在那间地下室里因为事故或者过失喝下含有三氧化二砷的水，因此事故也可以排除。"

"还剩下两种，不是他杀就是自杀。"

"我们首先考虑他杀。那间地下室处于完全封闭的密室状态。请大家再仔细想一想那间地下室的状态。"

"所有人都认可那是一间完全封闭的密室。"

"四面墙、地板、天花板都是用水泥加固的，是否有破损的地方？或者有可以破坏的部分？为谨慎起见，警察已经调查了这些方面，然而结果是否定的。"

"当然，听说也没有重新用水泥加固的地方。"

"也就是说，那间旧燃料仓库和存储煤炭的地下室和30多年前建好时完全一样，是一栋用厚重的钢筋水泥加固过，像碉堡一样的建筑，没有任何变化。这样一来，人绝对无法通过水泥墙壁、地板和天花板进入那间地下室。"

"首先是门。"

"门只有一扇，是铁门，虽然生锈了，但并没有被腐蚀。就算使用非常专业的工具，也没办法卸下铁门或者在门上打洞。而且铁门周围的缝隙只有几毫米宽，物品不可能通过缝隙进出房间。另外，正如大家所知，铁门内侧用挂锁锁上了。"

"关于那个挂锁。"

"是。"

"是否有确认挂锁没有损坏？"

"警察和接受警察委托的专家已经确认过了。那个大挂锁尽管已经相当旧了，不过并没有生锈，也没有出现故障或者破损的情况。"

"铁门上的铁片和搭扣重合，挂锁的半圆形部分穿过了重合的小洞吧。"

"我不太了解挂锁，不过听警察们的解释，这把挂锁的特点似乎是可以与门分开，随身携带。在这间煤炭仓库，挂锁上弯曲成半圆形的铁棒，穿过了搭扣和铁门上的铁片中重合的小洞牢牢锁上了。"

"那么上锁时，只要用手用力压住就可以了吗？"

"正是如此。"

"一旦上锁，就没办法靠手指的力量拉出弯曲成半圆形的铁棒了。"

"只要挂锁没坏，就完全拉不动。尤其是这次事件中坚固的大挂锁，没办法用人力破坏。可是这次的挂锁并没有被破坏，也没有被撬过的痕迹，因此可以说这把挂锁充分发挥了作用。"

"充分发挥了作用，就是说可以断言因为有挂锁在，所以铁门处于无法开合的状态吧。"

"是的。"

"而且要想锁住挂锁，必须进入地下室关上铁门，从门内上锁。"

"对，由于需要将铁门上的铁片和搭扣重合，还要挂上挂锁，因此绝对不可能在门外通过门的缝隙把手伸进去上锁。"

"结论是从物理的角度来看，绝对不可能从外侧进行开关铁门的操作吗？"

"对。所以尽管铁和水泥不同，但是也可以将铁门看成墙壁的一部分。"

"要想打开挂锁，只能用钥匙吗？"

"对，挂锁上有一个小小的钥匙孔，把钥匙插进钥匙孔旋转，弯成半圆形的铁棒就会打开。"

"钥匙只有一把，没错吧？"

"没错。我认为可以相信这栋别墅管理员的记忆。"

"钥匙平时一直插在挂锁里，管理员的这句证词没问题吗？"

"警察相信管理员的记忆和证词。"

"接下来是天窗。"

"这扇采光天窗大小为 50 厘米见方，因此足以供人出入。不过天窗需要从下方向上推拉来打开或者关闭。从地面上能够轻易接近天窗，可是如果玻璃窗完全关闭，就无法从外侧打开。没有放手和手指的地方，无法拉起天窗。"

"也无法用螺丝刀之类的工具撬开吗？"

"恐怕不行，玻璃完全嵌入窗框，而且窗框和四面的边缘之间几乎没有缝隙，边缘并没有重叠或者凹凸不平的部分。不过用专门的工具花一定的时间，或许可以拉开。可是警察的调查结果显示，完全没有从外面打开天窗的痕迹。"

"如果天窗从外面撬开过的话，就没什么意义了。"

"没错，发现了离开室内的方法，密室就不再是密室了。"

"总而言之，在我们赶往那间地下室时，玻璃天窗是完全密闭的。"

"对。"

"天窗的玻璃没有异常吗？"

"装有铁丝的毛玻璃没有碎，也没有裂痕。而且警察进入房间时用到了燃烧器，烧化了一部分铁门，这一事实也说明天窗无法从外面轻易打碎。"

"那么从地下室内看到的天窗是什么样子的呢？"

"从室内可以推开天窗，因此可以把天窗看成离开房间的出口。既然有出口，那么密室就不再是密室。然而天窗只能看成出口，实际上却并不能成为出口。原因是……"

"高度。"

"没错。"

"天窗位于非常高的地方，是这样吗？"

"对，地板到天窗之间的高度有 3.8 米。如果完全不用工具，人就算跳起来，手也够不到。天窗太高，身高 2 米的人伸直了手臂跳起来，也够不到天窗。"

"没办法爬墙吗?"

"不可能，墙上完全没有手脚能撑住的地方。尽管是粗糙的水泥墙，但是垂直的墙体依然非常滑。"

"所以必须要有工具吧。"

"如果使用梯子、梯凳、蹦床之类的工具，是可以推开天窗的。可是那间水泥仓库里什么都没有。不要说能垫脚的东西了，就连一块板子都没有，当然也没有竹竿或者绳子之类的东西，那是一间空空如也的仓库。"

"总而言之，那只是一扇用来采光的天窗，完全没办法承担出入口的作用吧。"

"没错，天窗同样只能当成水泥天花板的一部分。也就是说，可以认为那间煤炭仓库既没有门也没有天窗，是一个由水泥墙、地板和天花板围成的方形空间，是完全封闭的密室。犯人究竟有没有可能杀害先生夫妇后独自逃出呢? 在物理层面无法实现的事情，我们可以接受它发生在现实中吗! 我们不是在欣赏科幻小说，同一个人在同一时间出现在东京和大阪两地，这种现象无论如何都是不能相信的! 大家认为如何？"

　　小野里律师语重心长，大声对面前的人们说。他张开双臂，微微向前迈出一步，希望强化演讲的效果，就像电视剧里在陪审员面前激烈辩论的辩护律师一样。

　　确实很有感染力。

　　他的话语感情充沛，令人信服。陪审员们沉默不语，仿佛被震慑住了，就连想要出风头的进藤副教授都忘了提问。

　　"那么为什么需要完全封闭的密室呢？因为先生夫妇要制造一个不允许任何人侵入的世界，在那里了却生命。"小野里律师突然改变声调，压低声音安静地说。

　　"你是说犯人无法制造完美的密室吧。"进藤副教授坐直了身子说，仿佛刚刚回过神来。

　　"对，为了完成完美犯罪制造的密室只存在于推理小说中。现实中会有成功完成、有计划性的密室犯罪吗？"小野里律师再次开始缓缓踱步。

　　"你完全没有考虑到心理上的盲点吧。"进藤副教授递出装满啤酒的杯子。

　　"面对物理上不可能完成的事情，心理盲点并不通用。"小野里接过酒杯，一边走着一边享用。

　　"那么实际问题就是密室内不可能发生犯罪吗？"

"以警察为例。请大家去问问负责搜查的警察，现实中有没有密室杀人事件，所有警察的答案应该都是否定的。"

"是这样吗？"

"只要是密室就不是他杀，一定是自杀或者事故。如果是他杀，犯罪现场就不应该是密室，这是搜查专家的意见。"

"在这起案件中，警察也持同样的看法吗？"

"我想是的，虽然不可能是他杀，但是要判定为自杀还有几个矛盾点。做出这个判断后，轻井泽警署只能暂且向长野县警搜查一课求援了。"

"警察也认为地下室是完全封闭的密室吧。"

"在完全封闭的密室中不存在他杀，因此这起案件不是他杀。自然死亡、事故、他杀的三个选项已经排除，剩下的选项就是正确答案。"

"剩下的是，自杀……"

"既然是夫妇一起自杀，应该就是共同自杀吧，是共同自杀，即 WS。"

"以上就是小野里先生的基本论点吗？"

"是的，除此之外再加上一个基本问题吧，那就是死法。先生夫妇是被毒死的，是喝下含有三氧化二砷的矿泉水后死去的。这明显是自杀的手段，甚至可以说服毒是最普遍的自杀方法。"

"可是也有毒杀这种杀人手法吧?"

"有,可是毒杀的前提条件是受害人没有发现,在此基础上才能成立。需要发生在日常环境中,能够一边谈笑一边享用美食的场合,至少受害人要处在不设防,不担心自己会被杀害的情况下。在这种情况下,犯人将毒药放入食物中,受害人在完全没有察觉的情况下吃下有毒的食物,这就是毒杀的必要条件和过程。"

"你是说西城夫妇的情况完全不同吧。"

"那间地下室能称为日常环境吗?如果犯人将先生夫妇两人带到了那间地下室的话,两人一定会感到不安,开始警惕和防备吧。在那样的状态下,两人会老老实实地喝下犯人给的矿泉水吗?"

"当然很奇怪。"

"任何人都会感觉到水里下了毒吧,既然如此,应该会拒绝喝水。"

"犯人不会强迫他们喝水吗?"

"要如何强迫?"

"用刀子之类的凶器抵在身上,威胁两人如果不喝就杀了他们。"

"既然如此，就没必要选择毒杀这种手段了吧，用手里的凶器杀掉两人就好。反正要制造完美的密室，无论是毒杀还是刺杀都无所谓吧？"

"原来如此……"

"至少可以断定先生夫妇是出于自己的意志喝下了有毒的矿泉水。另一项证据就是有毒的矿泉水，为了同时死去，两人必须同时喝下有毒的水，所以分别准备了夫妇两人的份儿。如果要强迫两人喝下，那么只需要准备一瓶有毒的矿泉水就够了吧？也就是说，服毒是求死的手段，不是杀人的手段。这是中毒死亡，不是毒杀，是主动服毒，既然是服毒，当然是自杀。这也是基本问题吧。"

小野里律师一口喝干了杯子里剩下的啤酒。

## 3

之后，小野里实尝试推测了西城丰士和若子的具体行动。

根据他的说法，西城夫妇应该是在前一天晚上准备好了两瓶混入三氧化二砷的矿泉水。别墅里存放着大量矿泉水，因为需要过冬，所以矿泉水的瓶子都用了合成树脂材料。

所有人都能轻易取到两瓶。西城夫妇把矿泉水带到自己的房间里，用启瓶器打开瓶盖，在每一瓶水里加入了大约0.25克三氧化二砷。

然后再盖上瓶口。只要在开启瓶盖时足够谨慎，瓶盖就不会严重变形。只要把形状与原来相近的瓶盖盖上，就能起到几乎与开启前相同的密封作用。

也就是说，把矿泉水瓶装在口袋里，就算走路时险些滑倒，盖子也不会轻易打开。不过只要用大拇指向上推就能打开瓶盖。尽管瓶盖可以严丝合缝地盖在瓶口，不过再次打开时并不需要用到启瓶器。

西城夫妇准备了这样两瓶下过毒的矿泉水。第二天早晨，两人早早带着矿泉水离开房间，不过他们并不打算离开别墅区，也不打算去远处散步。

夫妇俩慢条斯理地在宽敞的别墅区内走来走去。

对他们来说，这是一栋充满回忆的别墅，别墅区里的每一棵白桦树，雪松林中的每一条小路上都刻着属于夫妇两人的历史截面。两人一定是一边走在雪松林中的小路上，一边看着白桦树，一边思考生与死的问题。

仔细想来，真是一段漫长的人生。

也是一段漫长的婚姻生活。

有愉快的日子，也有流泪的夜晚。

可是再过不久，两人就要与人生告别，为这一生画上终止符了。这对夫妇当时究竟在想什么呢？

人生是什么，或者究竟意味着什么？

疑问、感慨、空虚。只有死亡才是救赎，这一定是一种领悟。决心赴死的人都是如此，不得不死的原因是什么？所有自杀的人、共同自杀的人的想法都是一样的。

只有死亡才是救赎。

这是他们打从心底的想法。

西城夫妇一定在边走边讨论如果两人在这里共同自杀的话，人们会怎么想。恐怕所有人都会感到疑惑，不知道这对夫妇不得不自杀的原因吧。

大富豪。

既有地位又有名誉。

除了养女之外还有一个年幼的亲生女儿。

什么都不缺，生活优渥，是被上天格外眷顾的人。

尽管如此，为什么要选择自杀呢？世界上有太多人面对着更严重的困难，被逼到绝境，进退维谷却求死不得。

和他们相比，西城夫妇的自杀太奢侈了。

而且在邀请多位客人到别墅时自杀，表演成分未免太重。

两人仿佛听到了舆论的声音，可是他们依然想死。无论是境遇多好的人，都会有认为死亡才是救赎的时刻。

西城夫妇一定是沉默不语，或者有说有笑地走着。他们的目的地是静静坐落于别墅区角落里的旧燃料仓库。两人在那栋旧建筑上感受到某种共鸣，从一开始就决定在那里走向死亡。

"请等一下。"进藤副教授微微欠身，大声说。

"嗯?"小野里律师停下脚步，回过头来。

"就算是推测，你的形容和推断的文学性也未免太强了吧。"进藤副教授的声音大得过头，他似乎摄入了过量的酒精。

"是吗?"小野里露出明显不快的表情。充满感情的讲述被打断，他一定心怀不满。

"也就是说，你的主观成分太重。"进藤副教授仿佛突然想起来一样，慌慌张张地点上一直叼在嘴里的雪茄。

"比如哪个部分呢?"小野里背对着进藤副教授。

"比如夫妇俩产生了厌世情绪这一点，完全是你的主观想法吧。"

进藤副教授又划了一根火柴，似乎没能一次就点燃雪茄，看起来醉得很厉害。

"自杀，不，共同自杀的动机我会在稍后说明。"小野里背对着进藤冷冷地说。

"还有，夫妇俩将死亡地点选在旧燃料仓库，我不希望你仅仅用产生了共鸣来解释。"

"关于这一点，我再补充一些吧。先生夫妇之所以将死亡地点选在旧燃料仓库有三个原因。第一，这是常识，他们必须选择没有人能看到的地方。不会被任何人打扰，不会被轻易发现，与外界隔绝的二人世界，别墅区内只有那间旧燃料仓库的地下室满足这三个条件。"

"你说那间旧燃料仓库引起了夫妇俩的共鸣，这是为什么？"

"与其说是我的主观想法，我更希望大家把这一点看成选择死亡的人的心理。"

"什么心理？"

"这栋别墅建于第二次世界大战时期，也就是战时。可是到了战后，别墅经过全面改建，严格来说和全新的建筑无异。不过原封不动保存下来的，只有那栋水泥旧燃料仓库。"

"你是说只有那间旧燃料仓库蕴含这栋别墅的全部历史吧。"

"没错。对先生夫妇来说，他们从一开始就接触到的，正是那间旧燃料仓库。原本那间仓库的一楼有堆积如山的木柴，地下则堆满了煤炭。那些木柴和煤炭曾经包揽了这栋别墅的暖气，或者用来烧洗澡水、煮饭。在那对上了年纪的夫妻眼中，加上对木柴煤炭时代的思念，原本那间仓库成了一段美好的回忆。"

"你想说那间旧燃料仓库对夫妇来说，是思念和回忆的象征吧。"

"对，在上了年纪，即将抛下人世的夫妇眼中，最亲切的应该就是'老物件'。求死的人一定会回顾过去。如果找到了对过去的回忆的象征，找到了亲切的'老物件'，选择那里作为自杀地点就是理所当然的。结婚三十四年的夫妇想在那间旧燃料仓库找到两人的原点，从人的心理角度出发应该很能理解吧。"

"嗯，确实不是不能理解。"

"我只是用了共鸣来表示这种心理而已。"

"我明白了。可是你说夫妇俩选择那间地下室作为死亡地点的原因有三个吧。"

"我刚才已经提到了其中两个。"

"那么还有一个……"

"嗯，在那间旧燃料仓库里，藏着对夫妇俩来说有特殊意义的回忆。"

"有特殊意义的回忆吗?"

"可以说是甜蜜的回忆吧。先生夫妇在这栋别墅建成后不久就结婚了。因为正在打仗,所以婚结得很仓促,再加上西城先生应召入伍……"

"我完全不知道西城老师当过兵。"

"先生因为患有结核病,所以在二三十岁的年轻人里,入伍时间相当晚。而且入伍后从事的也是内勤工作,战争不久后就结束了。"

"是这样啊。"

"总而言之,先生说过两人在战时结婚,从订婚到结婚只有三个月,而且在入伍前仅有一周的新婚生活,就是在这栋别墅里度过的。"

"那个时代既没有婚礼也没有蜜月旅行,根本不可能去东京过新婚生活。在这栋轻井泽的别墅里度过一周兼作为蜜月旅行,在当时恐怕相当奢侈吧。"

"不过当时的男女关系很纯洁,先生说他在来到这栋别墅后才第一次与夫人接吻。先生曾经对我讲过他们夫妻俩的回忆,尽管是自己的别墅,他们却怎么也没办法在自己的房间里接吻,于是两人躲在别墅角落里的那间燃料仓库的背阴处第一次接吻。"

"那间旧燃料仓库是两人初吻的地点吗?"

"对。"

"原来如此。"

"是留下了甜蜜回忆的地方。如果两人在初吻后发生了关系,那么对夫妇俩来说确实是值得纪念的地方吧。在两人真正结为夫妇的地方,夫妻两人三十四年的历史落下帷幕。各位,怎么样?是不是觉得先生夫妇选择地下室作为死亡地点很有道理?那间地下室正是最适合囊括先生夫妇二人的爱与生死的地方。"

小野里律师又恢复了妙语连珠的状态。

进藤副教授已经不再插嘴。所有人的视线都集中在小野里身上,仿佛是认真聆听重要课程的学生。石户医生打开手账本,似乎在记笔记。

天知昌二郎独自坐在沙发上。这张沙发比其他人坐的地方更靠后,完全不显眼,背后是通往阳台的玻璃门,正面有一架钢琴。

向左看就能看到所有人的背影和激情演讲的小野里,只有天知昌二郎没有加入任何一方阵营,他一边听着小野里的声音一边品尝红酒。

西城富士子突然站起身来。

她手里拿着白兰地酒杯，靠着墙壁走了过来。路上，她把手伸向装满了高级洋酒的酒柜，抽出一瓶白兰地。

西城富士子并不打算回到自己的座位。她两只手里分别拿着白兰地酒瓶和酒杯，来到钢琴旁边。这样一来，她的目标地点已经确定了。

"于是，夫妇两人在别墅区散步到尽兴后，站在了决定好的死亡地点，旧燃料仓库前。"

小野里说话的时候已经不再从容冷静，他当然会在意富士子的行动，眼睛追随着富士子的身影。

在此之前，西城富士子一直低着头坐在最前面的座位上，她确实对小野里的符合逻辑的推断兴趣十足。现在她突然起身，果断离开了座位。

在小野里眼中，只是一个简单的行为，一定也会让他非常在意。他的姿势和演讲有 80% 是想着富士子的反应做出的，这位重要的客人离开座位，他当然会知所措。

富士子在小野里的注视下从钢琴前走过，径直穿过大厅。当然，她的目标是天知坐的沙发。富士子瞥了一眼天知昌二郎，脸上没有笑容。

接下来，富士子把白兰地酒瓶和酒杯放在桌子上，坐在了天知身边。她身穿一条黑色连衣裙，虽然不是丧服，不过姑且表达了对养父母之死的悼念。

不过她好像喝了不少酒。不知道是同席客人劝的酒，还是她想借酒消愁，总之一眼就能看出来，富士子难得喝了酒。

原本就水汪汪的美丽眼睛现在盈满了泪水，闪闪发光。洁白的脸颊仿佛染上了一层粉色，红唇泛着水光。

富士子紧紧挨着天知，腰和大腿几乎要碰到。不知是喝醉后变得大胆，还是越过接吻这条界线的男女之间更加随便，多半二者都有吧。

但是小野里看到富士子坐在天知旁边后仿佛松了一口气，他应该是担心富士子会离开大厅。

而且富士子在天知身边似乎并不会伤害到小野里的感情，天知不会成为小野里嫉妒的对象。恐怕这是出于小野里的精英思想。他不把天知这种人当回事，所以富士子一定也没有把天知当成男性看待。

只是小野里做梦都想不到，天知和富士子两情相悦，天知来到别墅后，两个人已经完成了爱的洗礼，也就是接吻。

对于小野里来说，对手只有石户昌也医生。

"我很难受。"富士子小声说。她的左手滑到了天知的大腿上，想和天知牵手。

"是因为小野里的话吗？"天知低下头轻声说，因为他觉得如果抬起头来，小野里就会看到他的嘴唇在动。

"不只是这样，所有事情都让我很难受，很伤心。"富士子的左手摸到了天知的右手。

"这是自然。"天知小心地把他和富士子交握的手塞进了两人大腿之间的缝隙中，这样一来就算有人回头也不会看到。

"他说的话，你怎么想?"

"小野里的话吗?"

"嗯。"

"很有道理。"

"他说的共同自杀是正确的吗?"

"不知道，在现在这个阶段，无法下任何定论。"

"可是既然逻辑上是正确的……"

"石户还没有说话，我想他的反驳恐怕会很有看点。"

"我觉得这种事情无所谓，父母双亡的事实不会改变。"

"确实，活着的人不管吵嚷些什么都没有意义。"

"我今后该怎么办呢?"

"很难啊。"

"必须和那两个人中的一个结婚，这种事情我才不愿意。在发生那天晚上的事情之前，或许我还能放弃，可是现在不行了。前天晚上，我已经确认我和你彼此相爱。事到如今，让我和别的男人结婚，我怎么会愿意?"

富士子轻轻咳嗽了一声，压低声音窃窃私语让她感到疲惫。

富士子只用右手打开了白兰地酒瓶，里面还剩半瓶白兰地。富士子胡乱把酒倒进杯子里，因为只用了一只手，所以没办法控制吧。

"喝这么多酒没事吗?"天知又压低声音说。

"我想喝醉，除了你，我想忘掉一切。"富士子把酒杯放在嘴边，高高仰起头。尽管喝酒的动作粗鲁，但那张侧脸充分展现出美女的魅力。富士子迟迟没有睁开眼睛。

她恐怕在忍受大量白兰地灼烧着食管和胃带来的灼热感吧，喝得这么急，应该会醉得很快。富士子睁开眼睛，眼神中带着性感。

"今天晚上，我想和你在一起。"富士子盯着天知说道，并不是用有些腼腆、犹豫未决的语气。尽管借了酒劲，富士子的表情依然无比认真。

天知被富士子的气势压倒无话可说，只能把眼睛从富士子的脸上移开。

## 4

小野里律师的推论来到了西城夫妇进入旧燃料仓库的阶段。小野里假设时间是早上7点半左右，根据他的解释，证据是在别墅里散步大约需要一个小时。

西城夫妇早上6点起床，考虑到上洗手间、洗脸、换衣服的时间，大约要花30分钟，然后两人在广阔的别墅区转了一圈。

两人不仅仅在散步，还会触景生情，回忆过去，并且对彼此谈起每一段过去，应该还会停下脚步欣赏，坐下来说说笑笑。

这样一来，应该可以认为两人散步要花一个小时，而且若引起别墅里来宾的注意，恐怕会带来麻烦，所以两人必须在早上7点30分时藏起来。

只要进入旧燃料仓库的地下室，就完全不用担心被别人发现。旧燃料仓库位于别墅区北侧的角落，被冷杉和雪松林彻底遮住。

除非有事，否则没有人会靠近这里。只有管理员会在闲暇时来看一看，旧仓库已经不再使用。就算大声怒吼也不会有人听见。

西城夫妇走下通往地下室的台阶，打开铁门。门没有上锁，只是门外挂着一把挂锁，铁门一拉就能打开。

西城丰士拿着挂锁进入地下室，若子紧随其后。两人关上铁门，将门上的贴片和搭扣重合，将挂锁弯曲成半圆形的铁棒插入重合的小洞中。

从上下两边压住铁棒和锁体。

咔嚓一声，完成落锁。

这样一来，已经不可能从外面打开铁门了。

可是挂锁上插着钥匙，只要拔出钥匙扔掉，西城夫妇也将无法打开挂锁。也就是说，铁门也将无法从内侧打开。

挂锁和铁门将永远保持原状。这里成了彻底与世隔绝的世界，成了夫妇两人永远的坟墓，拔出挂锁的钥匙扔掉似乎是更好的选择。

"有了这把钥匙，我说不定会改变主意打开铁门。"西城丰士看着拔下来的钥匙说。

"趁现在扔掉，怎么样?"若子环顾四周。

"有可以扔钥匙的地方吗?"

"有吧。"

"可是扔在能捡回来的地方就没有任何意义了。"

"必须扔到我们捡不回来的地方。"

"这里有一个绝佳的地方。"

西城丰士注意到的是埋在铁门内侧角落的水泥管。这里是排水口，冲洗水泥地板后的污水会流入其中排出，可是由于多年没有使用，水泥管已经彻底堵住了。

垂直埋在墙里的水泥管深一米左右。人手无法伸进直径10厘米的水泥管，就算手腕足够细能伸进去，也够不到一米深处。

如果把钥匙扔进水泥管，西城夫妇就没办法再捡上来，能够确保扔掉，确实是绝佳的地方。

西城丰士把钥匙扔进了水泥管中。

"好了，现在做什么都来不及了。"

"就算突然怕死，想要离开这里，也无计可施了啊。"

"铁门无法打破，就算呼救，声音也传不出去。怎么样，你做好心理准备了吗?"

"这是我自己的期望，用不着做心理准备吧。"

"这样就踏实了吧。"

"是啊。"

"只属于我们两个人的世界，没有人会来打扰。"

"我确实松了一口气。"

"听不到世俗的杂音，俗人都在另一个世界。"

"一想到我们将在这里长眠，不再醒来，我心里就轻松了。"

"对疲惫的人来说，睡觉是最好的选择。"

"不过不能再和你说话了，总觉得有些缺憾……"

"既然如此，就趁现在说个痛快吧。"

"来吧，可以再多说一些吗？"

"没问题，说什么好呢？很快就会说腻的吧。"

西城夫妇死前再次聊起过去的回忆，可是两人并没有恋恋不舍地一直说下去。两个小时后，话应该就说尽了。

况且暑热也让人感到烦躁。那里是密封的地下室，完全不通风。盛夏天晴时，从早上就有强烈的日晒，阳光从采光天窗向地下室送进热气。

尽管是避暑地，不过在阳光下温度也不会低。轻井泽的背阴处、夜晚和雨天才会凉爽。阳光暴晒着地面上的水泥外墙，地下密封的房间就会变得闷热。

上午 10 点——

西城夫妇迎来了行动的时刻。

西城丰士取出矿泉水瓶，用拇指向上推瓶盖，瓶盖开了。

若子照着他的样子做，突然察觉到一丝异样。如果两人在这里死去，相关人士和世人会认为两人的死是共同自杀吗？

或许有人会把两人的死当成强迫自杀。

会不会被当成夫妇一方自杀，剩下的人追随先走的人而自杀呢？两人特意邀请客人，还有意不留下遗书，会不会反而造成了反效果，导致别人不认为这是共同自杀呢？

两人是共同自杀，如果没有被当成共同自杀就没有意义。既然如此，必须以某种形式强调这是共同自杀。

这是很符合 50 多岁女性的思维方式，却也是没有必要的担忧。可若子一旦有了这个念头，就无法再抛弃。要以某种形式强调这是共同自杀……

首先，要让两人的身体在死后不会分离，为此两人最好叠在一起。另外，要留下这是共同自杀的信息，是不是可以用瓶盖在水泥地板上刻字呢？

"准备好了吧。"

西城丰士已经就着瓶口喝下了装有三氧化二砷的水。

不能磨蹭了，如果死得晚了，就不是共同自杀了。若子也急忙把矿泉水瓶放在嘴边。

若子手里拿着瓶盖。

浮现在她脑海中的是英语"Double Suicide"。写成 WS 很简单，而且一定有人能够理解这是英语"共同自杀"的意思。

西城丰士倒在地上痛苦地挣扎。若子用瓶盖在水泥地板上写下 WS，她已经用尽全力，开始感到痛苦，在地上翻滚起来。

西城丰士已经不动了。

最终，若子倒在了丈夫身上。

两人的身体重叠在一起时，若子也失去意识，逐渐走向死亡。

"以上就是夫妇之死的过程，是我通过所有事实做出的合理假设。可是我相信这种假设几乎完全接近真实，可以成为合理证明。"

小野里解开西装前面的扣子，双手插进裤子口袋抬头挺胸。这是他特有的姿势，看起来有模有样。

"最后是动机……"进藤副教授说。进藤发言时已经不再举手，也不再直起靠着椅背的上半身。他已经醉了，变得不太认真。

"在解释动机之前，我有一句话要说在前头，因为一切都是真实的，所以就算我的发言让大家觉得不舒服，也请谅解。有了顾虑就无法弄清真相，这一点请大家原谅。"

小野里摘下眼镜，用雪白的手帕擦了擦眼睛周围，然后望向坐在最后的西城富士子。

"请解释动机。"进藤副教授拿出审判长的派头，用杯底敲了敲桌子。

"用一句话来说，西城夫妇的共同自杀中带着抗议的意思。"小野里戴上眼镜，做出挥舞双手的动作。

"对谁提出抗议呢?"进藤立刻询问。

"对相关人员，以及世人提出抗议。直截了当地说，就是向不重视西城教授名誉的人提出抗议。"

小野里靠在壁炉台上，可能是一直站着，并且来回走动让他感到疲惫。

"你刚才的解释中，提到夫妇两人特意邀请客人，还有意不留下遗书吧?"进藤副教授尖声说。他的态度中带着一丝挑衅，不是因为酒品不好，一定是因为小野里的话中有不合他心意的部分。

"我只是说出了理所当然的事情。"小野里也有些扫兴。

"为什么是理所当然的?"

"自杀，或者共同自杀的人没有留下遗书的情况，不都是有意没留下遗书吗?而且招待这么多客人的人不会突然想要共同自杀。西城夫妇是按计划做事的。他们从一开始就决定在 8 月 9 日共同自杀，邀请他们希望前一天留宿别墅的客人来做客。这不就是特意邀请客人吗?"

"就是说，我们这些被邀请的人不也成了两人想用共同自杀的方式表达抗议的对象吗？"

"当然。不是我们成了抗议的对象，而是我们就是抗议的对象。让我再说得明白一些吧，先生夫妇共同自杀的原因是东都学院大学女生强奸未遂事件。对西城先生来说，那件事相当于一个沉重的十字架，彻底打破了他被命运眷顾的一生。

"先生夫妇不是在底层摸爬滚打，之后才一夜暴富的，夫妇二人都生长在环境优渥的家庭，甚至有贵族的一面。哪怕再有钱，他们也是重视内心世界的人，是视尊严为生命的人，是纯粹的人。对这样的人来说，当有人怀疑他们做了最可憎、最被唾弃、最无耻的行为的瞬间，夫妇俩的心就已经死了。西城夫妇不是自尊和名誉受到伤害，自尊心被践踏后依然能活下去的人。"

"请等一下。"

"如果要反驳，请之后再说。"

"不，不是反驳。"

"是认真提出的问题吗？"

"没错。"

"既然如此，请问吧。"

"我很理解你说西城夫妇是品格高洁，是贵族式的人，也能接受他们会因为那次打击求死。但我觉得如果是这样，未免花了太长时间。"

"时间？"

"那次事件引发讨论是在今年1月，距离现在已经过去了七个月了吧？人在受到打击后，会随着时间的流逝逐渐平静。如果西城夫妇在今年2月选择共同自杀来抗议的话，我对你的说法绝对没有异议，可是为什么要在七个月之后共同自杀，这一点让我耿耿于怀。"

"我并没有说两人因为受到打击，冲动地选择了共同自杀。请听好，先生夫妇的自尊和名誉受到伤害确实是在今年1月，可是人真的会因为这样就立刻以自杀来表示抗议吗？"

"应该因人而异吧。"

"重视自尊和名誉的人在单方面被迫屈服的时候，不会甘心选择失败主义。首先，他们会活着抗议，试图反抗。西城先生无视指责，没有停止在大学授课，没有答应辞职的要求，这些行为都是在试图反抗。"

"西城老师确实在顽强战斗。"

"可是疲惫感渐渐出现，他会感到空虚，不知道自己为什么而战。所有事情在他心中都变得荒唐，没有意义，结果他开始厌世。继续活在这个世界上，与一群俗人战斗没有意义，不是吗？先生累了，想获得永远的安息。继续活在这个不重视自己的自尊和名誉的世界上，究竟有没有价值？夫妇两人共赴黄泉，既是在要求社会反省，也是在通过共同自杀的手段发出坚决的抗议不是吗？经历了以上过程，夫妇二人最终实施了包含抗议的共同自杀。"

"可是如果西城先生邀请我们是为了这个目的，那么我对受邀前来的人选有疑问，我觉得这里存在性质不同的人。"

"是这样吗？"

"因为需要在别墅留宿，所以会邀请夫妇两人，我想可以不考虑各位夫人。"

"我同意。"

"那么首先，大河内教授、浦上礼美同学、前田秀次同学还有我进藤受到西城夫妇的邀请，就算是为了抗议，我也不是不能接受。可是其他人就无法解释了吧？他们和那次事件并没有直接关系，既然如此，应该无法成为抗议的对象。"

"如果有人即使与事件没有直接关系，无法成为抗议的对象，西城夫妇依然认为这个人必须在场，就会正式发出邀请。"

"是这样吗？"

"比如富士子小姐。富士子小姐与其说是被邀请的，不如说是奉命参加派对的。富士子小姐与那次事件既没有直接关系，也无法成为抗议的对象。可是富士子小姐必须出现在派对上，所以被命令参加。"

"你和石户先生受邀的必要性是什么呢？"

"我想西城夫妇希望在他们死后，富士子能从我们之中确定人选，把今后的事情全部托付给他。"

"那绵贯纯夫先生……"

"他是在场唯一一个与夫妇二人有血缘关系的人，恐怕西城夫妇邀请他，是希望他能见证两人的最后时刻吧。"

"天知先生呢？"

"我听说在那次事件中，天知先生是阻止媒体大肆报道、防止事态恶化的幕后英雄，因此可以说他间接与那次事件有关吧。而且天知先生是富士子作为女演员很好的咨询对象。我想西城夫妇邀请他，是希望他今后也能成为可以让富士子小姐依靠的人吧。"

"还有一个人，泽田真弓呢？泽田小姐是东都学院大学的员工，但今年1月已经辞职。我认为她和那次事件并没有直接或间接的关系。"

"泽田小姐还担任过西城先生六年的秘书。也就是说，泽田小姐最清楚西城老师作为大学教授的真实状态。我想先生夫妇是希望在人生的最后时刻，最了解西城教授的泽田小姐也能陪在身边吧。"

　　小野里表情沉痛地环顾四周。尽管他已经完成对这次悲剧性的夫妇之死的理论分析，但他的表情显露出他依然会情不自禁地感受到悲伤。

　　没有人开口，沙龙风格的大厅再次陷入诡异的寂静。醉意上来后，大家开始犯困。小野里的发言告一段落时，所有人都陷入虚脱状态，下意识地反复回味小野里律师的合理证明。然而不久后，一阵笑声打破了这片寂静。

　　"呵呵……"

　　这笑声正是来自石户昌也医生。

### 5

　　所有人条件反射地看向笑声的主人。当看到发笑的人是石户昌也时，大部分人的睡意消散，眼睛里亮起感兴趣和好奇的光芒。每个人的脸上都露出某种期待，仿佛听到了宣告第二幕开启的钟声。

　　这是自然，所有人都知道石户昌也是小野里实唯一的对手。石户昌也的笑让大家预感到这对竞争对手之间将要发生剧烈的冲突。人们对于即将到来的戏剧性场面，或许带着几分欢迎的心情。

小野里结束了合理证明，正在将悲剧结局的余韵传递给在场的众人。小野里自己也一脸疲倦，沉溺于感伤情绪中，可以说他完美地演绎出最应该保持严肃的时刻，也就是落幕后的寂静。

石户的笑声彻底打破了这片寂静。

那是嘲笑。笑声暂且不论，用笑声打破这片寂静的行为只能理解为嘲笑。同时，嘲笑还是向对手发出的挑战，而且不是堂堂正正的挑战，而是首先采取了侮辱对方的做法。对此，小野里不会以沉默回应。

果然，小野里离开刚才一直倚靠着的壁炉台，摆好姿势。小野里律师俯视着石户，表情有一瞬间变得僵硬。

"有什么奇怪的吗？"小野里语气严厉地问道。

"没什么，失礼了……"石户医生坐在椅子上，在面前挥了挥手。

"我在问你有什么奇怪的吗？"小野里突然指向石户的脸，完全是律师在法庭上的姿态。

"我没说有什么奇怪的地方啊。"石户笑着回答。

"可是你现在笑出声来了，如果不奇怪，那就不应该发笑吧。"

"我是情不自禁地笑出声来了，这是常有的事吧。在一片寂静中，我在思考中就会突然笑出来……"

"你是说你因为想到了完全无关的事情而笑出声来了吗?"

"不，并非完全无关。"

"既然如此，你的笑就是有意义的吧?"

"当然有意义。"

"是什么意义的笑呢?"

"这个嘛，就是……可以说是对你提出的合理证明发表我自己的感想吧。"

"对我提出的合理证明发表感想，你是说就是刚才的嘲笑吗?"

"啊，确实有这种解释……"

"你是在侮辱我吗?"小野里律师格外愤怒，表情严厉。

"怎么会。"石户医生站起身来。他一定是计算好了，要让所有人看清这种场面。他露出为难的表情，嘴角浮现出一丝微笑。

"既然你有反对意见，就应该堂堂正正地说出来。嘲笑之类的，是不负责任的起哄。"小野里摆出一副逼问石户的架势。

"我才没有嘲笑，只是总觉得有些滑稽。"石户则与小野里相对而立。

两人完全相反，小野里是热血类型、身材魁梧的大汉，而石户则是冷静从容、体形纤细的人。这同样是壮汉与高个的对决。

小野里一本正经地正面出击，而石户的言行带着机关算尽的感觉。不是嘲笑，是因为觉得滑稽而发笑，石户摆出一副为难的表情露齿而笑。

石户的这番言行明显是在挑衅小野里，是经过深思熟虑后的行为。他在玩弄小野里，看来似乎是石户技高一筹。

"哪里滑稽了？滑稽吗，你说话越来越失礼了吧?"小野里的脸色变得苍白。

"不，你的共同自杀说确实很合理，我听得很有兴趣。"石户医生笑着说。

"这话也是讽刺吧。"

"不，我是真心的。证据就是我在听你说话时，忍不住要记笔记。"

"既然如此，为什么会滑稽呢?"

"我认为你的共同自杀说有 80% 都很了不起，可以说几乎完美吧。在这一点上，我也很佩服。"

"你是说剩下的20%滑稽吗?"

"我是这样感觉的。"

"究竟哪个部分让你认为是奇谈怪论，忍不住发笑?"

"最后提到共同自杀的动机，以及之后众人受到邀请的原因，那部分实在太迂腐了……"

"迂腐吗?"

"或许是你装模作样，或许是你习惯于陶醉在自己的话语中，我感觉你想描述出一个令人感动的悲剧，所以变成了迂腐的故事，甚至有些滑稽。"

"你与其继续带着侮辱的语气批评我，不如提出合理的反驳!"小野里终于发出怒吼。

"不，今天已经太晚了，而且大家应该困了，我的反驳就留到明天吧。"石户说完笑了笑，面对小野里的怒吼，石户依然无动于衷。

"这种含糊不清的状态，我怎么睡得着!"小野里抓住准备离开的石户的手臂。

"是吗? 既然如此，为了让你摆脱含糊不清的感觉，我就告诉你一件事吧。"石户甩开小野里的手，眼里带着恶作剧般的笑意。

"你要告诉我什么?"小野里高傲地挺起胸膛。

"你过分美化西城夫妇的感情,以此作为夫妇共同自杀说的依据。首先,就让我把你的共同自杀说的大前提彻底摧毁吧。"石户医生带着胜券在握的笑容说道。

"请说。"小野里双臂高高交叉在胸前,一副虚张声势的样子。

"三年前,西城夫妇在户籍上已经不是夫妻了,你知道吗?"石户问道。

"你说什么!"小野里慌慌张张地放下胳膊,脸上像能面①一样失去了表情。小野里只是呆呆地站着,不知道该说些什么。石户的一句话,对小野里来说是一种炸弹般的晴天霹雳。

看着石户的人们都露出惊讶的表情。这件事太不可思议,让大家不知所措。

只有一个人,西城教授的前秘书泽田真弓鲁莽地起身,大步离开了大厅。

"那么,明天在我提出反驳时,请各位多多帮忙,我先离开了。"石户医生说完后,快速离开了大厅。

_____

① 能面,日本能乐表演者在表演时佩戴的一种面具。——责编注

"要睡觉了吗?"

"已经半夜 1 点多了。"

"也该困了。"

"我先走一步……"

"晚安。"

大厅中突然吵闹起来。浦上礼美和前田秀次这对学生情侣率先走向大厅门,绵贯纯夫和澄江夫妇紧随其后,他们身后是大河内教授和妻子昌子。

稍晚一些,进藤副教授和妻子季美子也离开了,进藤似乎喝醉了,靠在季美子身上。

大家似乎是一齐起身,一齐离开大厅的。一瞬间,客厅仿佛成为某些东西的残骸,只留下冰冷的寂静,而枝形吊灯明亮得有几分虚伪。

小野里律师独自一人没精打采地站在大厅,他回过神来,把手伸向放在桌上的杯子。

小野里往杯子里倒了半杯威士忌,像喝水一样倒进嘴里。

他看都没看富士子和天知的方向,或许并没有察觉到富士子和天知的存在,否则恐怕不会在富士子面前露出这副自暴自弃的失败者的样子。

"那个庸医,我要杀了你。"小野里嘟囔了一句,又喝干了一杯威士忌。醉意突然上涌，他摇摇晃晃地向前走去，在途中撞到一次墙后，来到了大厅的一扇门前。他的身影刚刚消失，门就发出一声巨响关上了。

富士子叹了一口气。

寂静让人不由得感到压力。天知望向时钟，用几乎要睁不开的眼睛确认了现在的时间，凌晨1点20分。

"啊，我喝醉了。"富士子大声说，应该是因为之前都不能尽情出声，才提高声音弥补吧。

"前天晚上，你不是也说过那是你有生以来第一次喝那么多酒吗?"天知抽出被富士子握住的手，两人从刚才开始一直握着手，手上满是汗水。

"对不起。"富士子把头靠在天知的肩膀上。

"你不需要道歉。"

"可我想要和你独处的时候，好像总是醉醺醺的嘛。"

"女人就是这样。"

"哎呀，我可完全没想过借酒劲，趁着喝醉做些什么事情啊。"

"不，我的意思是女性无论是太伤心还是太快乐，都会想要喝醉。"

"现在的我是哪一种呢?"

"二者皆有吧。"

"是啊，不过我的心还没有醉。"

"当然，在如今的状态下，可不能彻底喝醉。"

"就算想醉也不能醉，现在我只有你了。我想的只有你，只是不想失去和你之间的爱……我已经深深爱上你了，这样的自己让我觉得很宝贵，很惹人怜爱。"

富士子抓住天知的手，重重吻了上去。

她在拖延时间，等待 11 名客人分别回到自己的房间，躺在床上。富士子打算在那之后和天知一起前往三楼。

天知想都没想过会变成现在这样。对方是以美貌著称的女演员，是大名鼎鼎的西城富士子。一想到这里，天知就忍不住想到全国的西城富士子拥趸。

要是媒体知道了，一定会大吃一惊吧。那个天知，那个阿天竟然和西城富士子……尤其是娱乐记者，熟悉天知的周刊杂志撰稿人们一定会不知所措，或者放声大笑吧。

阿天，这可是大头条啊。

我觉得你对亡妻的情分已经完全尽到了。

就算是为了春彦，再婚也是更好的选择吧。

不是只有电视制作人和导演才能和女演员结婚。

不要硬撑，要更坦率地面对自己，加油。

天知不由得想起了田部井主编的话，事情似乎确实如田部井所料。天知在内心中苦笑，男人和女人相结合的契机真是不可思议。

"走吧。"富士子直起身子。

两人都站了起来，相互拥抱着走出大厅，穿过走廊走下台阶。以防万一，两人在那里拉开了一米左右的间距，因为不知道哪里会冒出人来。

"是三楼吧。"上楼的过程中，天知压低声音问。

"没错。"富士子低头超过天知。富士子的卧室在二楼，不过皋月应该在那里睡觉。有皋月在的房间不适合两人独处，于是两人打算前往三楼。

三楼全是客房，有 10 间之多，其中 8 间供客人使用。春彦在天知的房间里，天知的房间自然也不能用，只能用多余的 2 间客房。

富士子看了看三楼的整条走廊，确定没有人后，小跑着向右边走去。爬到楼梯最顶端后立刻右转，就是走廊的尽头。

不过转过走廊尽头的左侧，还有一段短短的钩子形走廊。走进这段短短的走廊，就不用担心被别人看见了。这里是完美的死角，就算有人站在三楼的走廊上也看不到这里。

短短的走廊前方有一扇房门。

　　或许人们会以为这是仓库门，其实这里也有一间客房。这间独立的客房与沿着走廊排成一排的客房之间距离相当远，房间的结构和朝向也与其他客房不同。

　　富士子用从包里拿出的钥匙打开房门，两人迅速钻进门里，轻轻关上门，尽量不发出声音。

　　这间客房很大，一共分成三部分，有用来待客的房间、化妆间和卧室。大小是其他客房的两倍左右，而且卧室里不是两张单人床，而是一张用蕾丝窗帘围起来的双人床。

　　天知环顾卧室，三面都是墙壁，只有南侧是玻璃窗，玻璃窗外面好像带了阳台。除了床，房间里只有沙发和桌子。

　　"另一间客房的床坏了，没办法用，只剩这间房间了。"

　　两人并排坐在沙发上后，富士子别过脸说。

　　"房间很漂亮。"天知把手伸向水壶。

　　"好像只有特别的客人会住在这里。"富士子盯着杯子里的水。

　　"让我用太可惜了。"天知喝了一口水。

　　"对我来说，你就是特别的客人。"富士子挽住天知的手臂，脸却依然望向别处，大概是因为在有床的房间里两人独处，增加了她的羞耻感吧。

　　"我们必须认真聊聊今后的事情。"天知揽住富士子的肩膀。

"我爱你，真心爱你，已经被你迷住了……"

"我也一样。"

"我是坏女人吗?"

"为什么这么问?"

"是我这个女人主动邀请你来到了两人独处的房间，而且我明明还没有给父母上过香……"

"我们彼此相爱，还是不要在意多余的事情了。"

"天知先生，你会看不起我吗? 觉得我是大胆、积极、淫乱、爱寻欢作乐的女人……"

"我只是觉得'淫乱'这个词不应该由你说出口。"

"可是，这也是因为我真心爱着你啊。无论如何都想和你独处，想得到你的爱。这是我的最后一次恋爱，所以反正要嫁给别人，哪怕只有今天晚上也好，我想得到你的爱……所以，老实说，我借了一点酒劲。"

"你很可爱。"

"还有一件事我必须向你坦白，所以无论如何都需要借助酒精，因为我对你也撒了和对世人一样的谎言。"

"谎言?"

"可是现在，我要坦白。我一直对外说我既没有恋爱经验也没有性经验，还是处女，对你也是说我只谈过柏拉图式的恋爱。这是，这是……谎言。虽然人们都相信了这个完美的谎言，但它确实是谎言。"

富士子紧紧抱住天知，用力把脸埋进他的胸口。

*6*

天知并没有因为富士子的坦白而意外，他完全不惊讶。虽然富士子坚持是自己撒了谎，但天知并没有真正相信过那番话。

无论是富士子说的话还是舆论风评，天知都不认为那是绝对真实的。他没有掌握任何证据或者秘密，只是从普通的思维方式出发，认为不能当真。

富士子是个大活人，从小女孩长成了女人，就算是神也不能彻底从她身上夺走性欲和恋爱感情，对父母的誓言并没有那么大的神通。

要想不让女人成为真正的女人，必须要具备强力限制的环境，尼姑之类的就是如此。而女演员的职业则正好相反，她们生活在没有限制的环境中。父母并不能24小时监视女儿的职业，最典型的不受限制的职业就是女演员了。

只要富士子愿意，对象要多少有多少，想诱惑她的男人们成群结队，而且只要她愿意，机会同样要多少有多少。要求她洁身自好，简直就像把她扔进传染病的巢穴，要求她不要得传染病一样。

就算想要彻底禁止富士子谈恋爱、与男性发生关系，也是绝对不可能做到的。最妥当的做法是认为她不会是处女，只是为了不让真相浮出水面，秘密与男人交往罢了。

富士子是一位 27 岁的健康女性，肉体也已经彻底成熟。要是她至今从来没有和男性发生过关系，反而是不可思议的，是可怕的。富士子的身体果然已经借由男人变成了真正的女人。

天知从一开始就是这样想的。

况且前天晚上两人接了吻。她那么了解深吻，却完全没有和男性发生关系的经验是很奇怪的。今天晚上，富士子又主动邀请天知，希望两人独处。无论多么爱一个男人，在这样的时间，在这样的地点，处女都做不出如此大胆的行为。

天知完全不在乎富士子有没有和别的男人发生过关系。36 岁的天知结过婚，是一个孩子的父亲，也就是说他已经是成年人了。只对拥有处女之身的富士子产生爱意，这是他未曾想过的事情。

天知紧紧抱住富士子，为了表达自己认为这种事情无所谓。富士子大概是为了避免天知到时候感到意外，所以事先坦白吧。天知摸着富士子的背，告诉富士子这点小事不重要。

"比起这种事情，需要考虑的是以后吧，还是说我们只求今晚，以后就能断绝关系了？"天知问道。

"恐怕不行吧。"富士子把脸埋在天知胸口，使劲摇了摇头。

"既然如此，我们俩就应该谈谈以后的事情。"

"我想和你结婚。"

"这应该是我们两个人的期望，我是这样希望的。"

"我也是……不是简单的期望，我想和你结婚，希望能够实现。如果和你结婚，我就不做女演员了。"

"可是，你刚才说了'反正要嫁给别人'。"

"但是我没有办法不去想会变成那样的结局啊。"

"结婚对象就是小野里或者石户吧。"

"当然了。"

"你只要拒绝他们的要求就好了。"

"他们的要求？"

"就是小野里或者石户只要成功解开真相，你就接受那个人的求婚的要求。西城教授已经去世了，你已经摆脱束缚，不需要从那两个人中选择结婚对象了。"

"你是说因为如此，我可以宣布一切都恢复到最初的状态，所有事情都不算数了吗？"

"没错。"

"我当然也想过，但我很犹豫，不知道实际上能不能这样说。父母刚出了这样的事，我就无视此前的所有经过，让一切归零。切割得这么彻底，人们会原谅我吗？"

"这样做确实会伤害既有社会地位又有名誉的小野里和石户。因为西城教授刚刚去世，他们就被你这个当事人迫不及待地拒绝了。"

"就算父母已经去世，我还是必须尊重他们死前非常期望达成的事，尊重他们的遗愿。我觉得轻易无视父母的遗愿，世人恐怕不会原谅。"

"或许吧，不，你说得没错。最好的结果是和那两个人的婚约随着时间的流逝自然而然地取消。"

"但小野里那么急切、积极地提出这件事……"

"没办法，你只好答应下来。"

"况且我还是自己答应的……"

"不，仔细想想，说不定自掘坟墓的是那两个人。"

"为什么？"

"他们和你定下了奇怪的约定。关于西城先生夫妇的死，能成功提出合理证明的人，和你的婚事就能进入具体讨论阶段，就是说能获得向你求婚的资格吧。"

"对。"

"那么如果两人都没能提出合理证明，会怎么样呢？小野里和石户都将失去向你求婚的资格不是吗？"

"但那是两个人都失败的情况啊。"

"一个人已经失败了，小野里已经失去资格。"

"是吗？"

"虽然要等到明天石户提出反驳意见后，陪审员们才会做出判决，不过至少小野里不可能获胜。虽然小野里的理论分析无可指摘，但并不是合理的证明。他的调查做得不够，而且共同自杀说从一开始就有太多疑点。"

"你也否定共同自杀说吧？"

"算是吧。"

"有什么根据呢？"

"前一天晚上，西城先生说有件事想特别拜托我，所以让我在第二天早餐前到休息室去一趟。然而第二天早上，先生早早出门，那件事就此作罢。"

"这样啊。"

"如果像小野里说的那样，西城先生是有计划地打算自杀，就不应该在前一天晚上和我做出不负责任又没有意义的约定了。"

"是啊，我父亲的性格挺一本正经的。"

"先生是打算在早餐前见我的。虽然他早上 6 点就出门散步了，不过本来的计划应该是在早餐前回来见我。只是事与愿违，这件事最终无法实现，一定没错。"

"那就是他杀了。"

"石户当然会用他杀说来反驳小野里的自杀说。不知道为什么，他调查得很充分，恐怕不好对付。"

"我也吓了一跳。就连我都不知道父母三年前在户籍上就不再是夫妻关系了，我到现在都没办法相信。"

"可是他应该不会撒这种谎，恐怕这就是事实。而且先生的前秘书泽田真弓对石户的这番说法给出了明确的回应。"

"没错，那件事也让我吃了一惊。"

"看来内情似乎很复杂，石户通过调查知道了这些事，那么问题就在他身上了。"

"如果石户成功完成合理证明，那我……"

"石户将获得求婚的资格，你必须接受他的求婚，因为这是约定。"

"不要，我不要。"

"石户确实是强敌，但他究竟能不能解开密室之谜呢？就算他杀说成立，只要无法解开密室之谜，就无法完成合理证明。"

"我不要，我宁可死也不想和除你之外的人结婚。"

"我会想办法。"

"我想和你结婚。"

"我知道了。"天知把富士子放在自己的膝盖上再次抱紧。

医生和律师是更好的结婚对象，人们喜欢把重点放在男性的职业上。尽管"爱"这个词被用滥了，但现实性依然是现代女性的特点。

然而富士子完全没有考虑、计较过这些。只是因为爱，她就热切盼望和一个有孩子的自由记者结婚。这并不是因为富士子在金钱方面不用发愁。

如果必须在天知和富裕的生活中舍弃一个的话，恐怕富士子甚至会放弃遗产继承权，她甚至说出了不再做女演员这种话，而那份职业是她生活的意义。

富士子这位女性的纯洁和热情，在这半年里凝结成了真实的爱。男女之间这份不讲道理的爱，让天知深受感动。

"我要紧紧抱住你，直到粉身碎骨……"

富士子第一次认真注视着天知的脸。

富士子蜷起身子，两人紧紧贴在一起，仿佛身体合二为一。两个人接吻了，又是一个长长的深吻，富士子抓住天知的手臂，两人一动不动，仿佛时间都静止了。

终于，两人带着凌乱的呼吸开始耳鬓厮磨。

"我爱你……"富士子轻声呢喃，声音近乎喘息。

天知抱着富士子，起身向床的方向走去。天知从蕾丝窗帘中间拉开的部分钻进去，用一只手推开床单和毯子，把富士子放在床上。

富士子双目紧闭，保持着被放在床上时的姿势，只有拖鞋掉在了地上。天知躺在她身边，两人再次接吻。富士子在天知身下动了动，双手环住他的脖子。

天知并不打算脱下富士子的黑色连衣裙，不是因为顾及那是丧服，而是因为两人没有充足的时间，无法共处到明天早晨，这只是转瞬即逝的幽会，只为鱼水之欢。

比起赤裸相对，两人更在意事后整理时的尴尬。恐怕仅凭这一点就能证明两人不再年轻。无论如何，他们想避开脱衣服或者让对方脱衣服这种现实的行为。

天知只是解开了富士子从领子到腰部的扣子和银扣宽皮

带。解开皮带是为了让富士子更轻松，解开连衣裙的上半身，是因为那里有很多需要爱抚的地方。

天知把脸埋进富士子的胸部，富士子把手伸向自己的腿。天知从富士子的手和腿的动作猜到她是在脱长筒袜。富士子一边用表情和上半身的动作对胸部受到的爱抚做出反应，一边继续脱长筒袜。

天知故意没有帮忙。一边忍受着强烈的刺激一边试图自己脱下长筒袜，富士子的性情让他觉得可爱，他陶醉于这位美人的谦虚和女人味中。

刚一脱下长筒袜，富士子就开始用全身对爱抚做出反应。她从脱下长筒袜这件需要集中精力的事情上解放出来后，快感就完全控制了她。

富士子口中发出甜美的声音。这仿佛听起来不像她的声音，而是十二三岁的少女在歌唱。天知觉得富士子的身体像雪一样洁白，大概是很多妖艳的女人喜欢晒黑皮肤这个原因吧，这份洁白的美让天知感到格外珍贵。

他觉得这就是女人。

富士子胸部完美隆起的形状更衬托出她肤色的洁白，紧致的形状完全没有一丝淫荡的感觉，而是突显出女性的温柔。

富士子的大腿洁白又滑嫩。凌乱的黑色连衣裙为洁白丰满的大腿增添了一分妩媚，那双大腿紧绷的力度，恰当地表现出富士子的敏感部位受到刺激的程度。

她膝盖弯曲又伸直的频率越来越快，脚心划出的曲线也变得没有规律。终于，她的双腿用力向前踢出，腰部向上顶起。

富士子的上半身上下起伏，腰部像波浪一样颤抖，除此之外没有其他剧烈的动作变化。快感并没有停止上升，但她能够感觉到的程度只有这些了。

"我爱你！"

富士子不停地快速呼喊，声调在天知进入时突然变得高亢，仿佛从喉咙深处挤出。

她有过和男性做爱的经验，而且并非一次两次，应该是定期保持这种关系，持续了半年左右吧。可是她的快感尚未完全成熟，还在探寻更深层的感觉。

这是男人的救赎。是天知让她知道了深层的快感，意味着他彻底征服了富士子。或许正是因为如此，天知完全不会嫉妒富士子过去的男人。

不过他对那个人是谁很有兴趣。富士子过去的男人一定只有一个，那是她第一次把对方当成男人来爱，而现在富士子真心爱着天知。

两次恋爱，爱过两个男人。富士子有她自己的喜好，就算她爱的男人是同一种类型，会被所有地方都很相似的两个人所吸引也并不奇怪。

她过去的恋人是不是和天知一模一样呢？或许富士子从天知身上看到了那个男人的幻影。如果是这样，也能解释为什么刚认识不久，富士子的心就迅速向天知靠近了。

有一个人与天知的气质格外相似，甚至让天知自己感到惊讶，他就是西城丰士的侄子，富士子名义上的表哥。

绵贯纯夫——

"我爱你。"

"我好幸福。"

富士子下意识地交替说着这两句话，连衣裙下的身体满是汗水，脸上和胸口汗如雨下，或许有一半是天知的汗水。

"我好幸福！"富士子剧烈喘息着尖叫出声，因为她预感到天知到达了终点。肉体得到了50%的满足，精神得到了100%的满足，富士子和天知的第一次仪式到此结束。

"我好开心。"富士子紧紧搂住躺在自己身边的天知。

"你很厉害。"

天知动作粗鲁地抱住富士子，两人的汗水又一次交融。

"我爱你，这是我第一次感到如此幸福。已经不行了，我不能离开你，不会放开你。如果无法和你在一起，我会活不下去。我想和你结婚，好喜欢好喜欢你，已经要疯了，甚至想就这样死去……"

富士子的肩膀在颤抖，她哭了。

"富士子……"

天知看着哭泣的富士子，那张脸确实在哭泣，但天知情不自禁地想到，自己恐怕从来没有看到过如此美丽、如此富有魅力的女人的脸。

有 15 分钟之久，两人一动不动。

汗水已经干了，呼吸也平稳下来。

"已经 4 点多了。"天知起身。

"我也要回二楼了。"富士子急忙从床上坐起来。

"再见……"天知首先从床上站起来。

"我爱你。"

"我爱你。"

两人接了一个轻柔的吻。

天知离开房间。当然，走廊上没有人影。每一个房间里的人都身在梦乡，周围一片寂静。气温下降了，甚至让刚刚流过汗的身体感到一丝寒意。

天知回到自己的房间，春彦在其中一张床上睡觉，春彦睡得很熟，不会因为一点声音就醒过来。天知换上睡衣，躺倒在另一张床上。

好困。

和富士子结婚。

春彦要有母亲了。

想着想着，天知进入了梦乡，他睡得很熟。可是，有什么东西阻止他陷入沉眠，试图将他从沉睡中拉起来。好像是人声，周围吵吵闹闹的。

天知睁开了眼睛。

他看看表。

5点20分，他只睡了一个小时，可是人声和吵闹声并不是梦。走廊里一片嘈杂，能听到好几个人的声音，春彦依然睡得很熟。

天知下床后，在睡衣外面套了一件西装外套。他轻轻打开门，来到走廊上。走廊里烟雾缭绕，弥漫着一股焦煳味，八九个人影呆立在走廊上。

天知看到了大河内夫妇、进藤夫妇、绵贯夫妇、浦上礼美、泽田真弓还有石户医生。所有人都穿着睡衣或者睡袍，外面披着一件外衣，大家似乎聚集在石户医生的房间前。

天知走近后看了看石户的房间，正面是一排玻璃门，对面是逐渐变亮的轻井泽清晨的风景。以黑黢黢的森林为背景，天空中飘荡着奶白色的朝霞。

玻璃窗前的窗帘应该是拉上的，但是有一侧的窗帘不见了，而是散落着像煤炭一样黝黑的物体。烧剩下的一部分窗帘和布头散落在地板上。

"着火了吗？"天知问石户医生。

"确实是着火了，早上5点多，不知道为什么从完全没用火的地方冒出火来。我正睡着呢，窗帘突然烧起来了，真是吓了我一跳。"

石户医生露出一丝苦笑。他完全不激动，这个男人在这种时候依然冷静。

"是窗帘烧起来了吗？"天知走进房间。

"我的脸上突然感觉到一股热气，马上就醒了。"石户跟在他身后。

"窗帘烧着后，火会立刻蔓延出去吧。"

"就是啊，我跳起来的时候，眼前已经是一片鲜红的火焰了，仿佛立着一根火柱。"

"是你把火灭掉的吗？"

"我拼命用毯子拍打燃烧的窗帘，因为火没有烧到其他东西，所以灭得比我想象中简单。"

"真危险啊。"

"我冲到走廊上大喊着火了，敲门想把大家叫起来……"

"门上了锁，大家都在睡觉吧。"

"当然，可是这绝对是纵火，有人故意纵火，应该是从外面放的火。"

"这扇玻璃门的钥匙呢？"

"没有上锁。"

"就是说从外面也能很快打开这扇玻璃门了。"天知打开玻璃门走到外面的阳台上。

"只要打开这扇玻璃门，把手伸进来，谁都能给窗帘下摆点上火。"石户医生走到阳台上做了好几个深呼吸。

清晨的空气凉爽得沁人心脾，感觉格外清新。阳台上安装了木雕栅栏，眼前广阔的庭院景色尽收眼底。

每个房间的阳台并不是独立的，而是像走廊一样连成长长一条，由各个房间共用。只要沿着阳台走，一旦玻璃门没有锁，就能打开任何一个房间的门。

"那么可以认为纵火的犯人就是在这排房间的住户中吧。"天知揉了揉眼睛，虽然睡意已经消散，不过眼睛疼得很厉害。

"也不能说得这么绝对。最边上的房间因为床坏了，所以没有人住。房间里没有人，而且没有上锁，因此和走廊一样，可以在不被任何人发现的情况下经过那间房间。这样一来，犯人就不一定是这排房间里的住户了。"石户医生说完耸了耸肩膀。

所有人都走进了房间，人群正中间是穿着睡袍的富士子。

一定是有人叫来了富士子。就在刚才——一想到刚才发生的事情，天知就无法直视富士子。

"如果是恶作剧，性质就太恶劣了。"

"要是石户先生没有醒来，或者火势蔓延得太快，可就要危及生命了。"

"要不要叫警察来？门外有巡逻车吧。"

"不，还是不要叫警察了。每个人都要接受审问什么的，我已经不想再被卷入这么麻烦的事情里了。"

房间里传来上面这样的对话。

住在这一排房间里的人是石户、大河内夫妇和泽田真弓。

走廊对面的房间里则住着绵贯夫妇、小野里律师、前田秀次和浦上礼美这对情侣，还有天知父子。

天知昌二郎扫了一眼，发现明明出了这么大的事，依然没有从房间里出来的人除了春彦之外，只有前田秀次和小野里律师两个人。

# 第三章　他杀说

## *1*

由于清晨发生了奇怪的纵火事件，因此人们被迫早起。

今天早上的早饭也从 8 点开始，不过到了 7 点半，几乎所有人都已经聚集在餐厅里了。可是大部分人表情不悦，而且沉默寡言。除了睡眠不足之外，原因不明的小火灾也堵在大家心里。尽管可以肯定那一定是纵火，却无法找出犯人是谁，这一点同样让大家无法释怀。

大家最终没有通知别墅门前的巡逻车和待命的警官，因为大多数人反对警察介入。每个人的脸上都清楚地写着"受害者只有石户昌也一个人，我可不想因为这种事情接受警察的审问"。

　　就连受害人石户医生也持相似的意见。石户昌也对西城富士子说，只要今天晚上能为他提供其他房间，就不想把事情闹大。石户的态度是为了富士子，也为了自己这个即将成为她丈夫的人，不想闹到让警察介入的程度。

　　最晚来到餐厅的是学生前田秀次和小野里律师，想不到这两个人竟然没有在小火灾引发骚乱时起床。此时，所有人都看着他们。

　　"你没注意到今天早上的骚乱吗?"大河内夫人昌子不满地问前田秀次。

　　"我睡得很沉，什么都没注意到。"前田秀次挠了挠头，为难地笑了笑。

　　"他这个人睡眠很好，简直就像猪一样，早上叫他起床可费劲了……"浦上礼美说，语气不知道是在帮助男朋友，还是在指责他。

　　"小野里先生呢?"大河内昌子把矛头转向了小野里。

　　"我什么都不知道，昨天晚上喝了太多威士忌，酒精到现在还没挥发干净呢。"小野里实惭愧地低下了头，脸色有些苍白。

"石户先生，三楼最右边的房间空着，请你搬到那里去吧。"富士子说。

"多谢……"石户开心地露齿一笑。

小野里神色不安地来回看着石户和富士子，因为富士子出于同情，对石户说话时语气温柔，带着安慰的意思。小野里一定注意到了，于是心生嫉妒。

天知昌二郎同样出于别的原因，心里有些在意，因为对天知和富士子来说，值得纪念的房间被提供给了石户，让他心里不舒服。

由于没有其他客房，这是没办法的事。可面对石户会让他感到不好意思，再一想到以后不能在那个房间里与富士子一起度过了，天知还是觉得可惜。

富士子似乎也有同样的想法，将戴着墨镜的脸转向了天知，她在用墨镜掩盖因为睡眠不足而红肿的眼睛。

其实天知也想戴墨镜，最终却因为有顾忌没有戴，因为他觉得要是自己和富士子都戴上墨镜，会吸引别人的目光。

大家安静地吃着早饭。

春彦和皋月依然活泼。他们俩睡眠充足，而且心中没有烦恼，看着两人的身影，会让成年人们觉得什么都不知道是一种幸福。

春彦和皋月早早吃完早饭，立刻穿上泳衣走进院子。轻井泽广阔的天空一片蔚蓝，没有一丝雾霭。通透明亮的阳光很有避暑地的风范，预示着今天也是炎热的一天。

吃完饭后，大家都恢复了精力。头脑清醒了，也整理好了心情，不再思考多余的事情，还能鼓励自己无聊的一天又开始了。

大家都来到水池边，春彦和皋月已经在水池中玩耍。众人商量好在水池边度过两个小时，石户昌也的论述从上午 11 点开始。

天知昌二郎留在房间里，往东京打了一个电话。上午 10 点，天知和《妇人自身》的主编田部井取得了联络，他在前天打电话时已经把西城夫妇的死讯告诉了田部井，并委托他进行相关调查。

不过今天早上发生了纵火事件，同样必须委托田部井调查，而且还需要调查西城夫妇在户籍上不是夫妇关系一事是否属实。

尽管如此，只是听到田部井的声音就会让天知不好意思。因为结果正如田部井的预料，天知已经和富士子发生了肉体关系，这让他感觉自己低田部井一头。

天知在电话里完全没有提到这方面的事情，鉴于如今严肃的情况，田部井也没有问恋爱方面的事情。田部井应该做梦都没有想到天知和富士子的关系竟然迅速发展到了如今的地步。

"另外，我希望你尽可能详细地调查西城富士子的过去。"天知第一次提到富士子的名字。

"有这个必要吗?"田部井恐怕和平常一样，在一边抽烟一边接电话，天知感觉听到了他抽烟的声音。

"我认为如果这是杀人事件，那么动机一定埋在相当深的地方。"

"我知道了，所以要调查西城富士子的所有过往吗?"

"我还想知道她亲生父母的事情，以及她因为事故去世的亲生父亲的事，西城夫妇收养富士子的经过。"

"这工作相当困难啊。"

"我相信你手下优秀的记者们和《妇人自身》的行动力。"

"啊，既然是获得新闻记者大众奖的阿天的委托，大家一定会高高兴兴地去做。"

"还有六年前，西城富士子 21 岁的时候，以那一年的 5 月为中心，她的工作行程是什么，有没有称病入院，这些事情能不能也查一查?"

"虽然我不太清楚怎么回事，不过我会查一查。"

"另外，我希望所有调查结果能在今天傍晚前完成。"

"今天傍晚前？"

"没错。"

"喂，你这家伙太蛮不讲理了。"

"拜托了。"

"有什么必须在今天傍晚前完成才能赶上的事情吗？"

"没错，可能会决定向西城富士子求婚，甚至和她订婚的人选。"

"真的吗？"

"我现在无法行动，只能拜托各位能帮我行动的人，还有这部能联系到你的电话了。"

"如果要决定和她订婚的人选，我可不能放着不管。好，我会想办法的。就算要赌上我的名誉，也会在傍晚前收集齐信息。交给我吧。"

"那就拜托了。"天知挂断了电话。

11点15分了，天知向沙龙风格的大厅走去。大厅和昨天一样放置了各种饮料和冷盘。只有富士子一个人坐在沙发上，其他人都不在。

一看到天知，富士子就从沙发上弹起，向他跑来。在钢琴旁边没有人能看到的死角，天知和富士子拥抱在一起，富士子火热的体温让天知感到怀念。

"我爱你。"

啊——在发出微弱的叹息声后，富士子说出了这句话。

"今天凌晨很美妙。"天知摘下了富士子的墨镜。

"火灾引发骚乱时，我正在和你做爱，那仿佛是梦中发生的事情。"富士子没有涂口红，尽管她没有化妆，美貌却依然不打折扣，她是真正的美人。

"那不是梦。"

"当然，你触碰我身体的感觉现在依然清晰。"

"富士子……"

"我忘不了你，哪怕一秒，我想一直和你在一起。"

"我和你一样。"

"今天晚上，你也会和我一起去吧。"

"去哪里？"

"小诸的一方寺……今天晚上 7 点到 10 点，会做形式上的守夜，警察也同意了……"

"我当然会去。可是大家都会去吧，我想恐怕没有两人独处的机会。"

"是吗？那就等回到这里之后……"

"三楼的那间客房被石户占了。"

"虽然不是客房，不过二楼有好几个空房间，所以我会在二楼准备安全的房间。"

"我们两个都越来越大胆了啊。"

"可是我不想离开你哪怕一瞬间啊，而且如果不和你在一起，我没办法安心睡下。"

两人接吻，那是一个充满激情的吻。天知的双臂紧紧环绕住富士子的腰，富士子的十个手指深深陷入天知的后背。可是热情的吻也无法长久。

听到逐渐靠近的说话声，两人若无其事地分开。富士子戴上天知递来的墨镜走到大厅中央。天知坐在和昨天晚上一样的沙发上。

大河内夫妇和进藤夫妇一边说笑一边走进大厅，身后是浦上礼美和前田秀次这对情侣，以及泽田真弓。最后进来的人是绵贯夫妇和小野里律师。

除了在自己的房间里睡觉的小野里之外，所有人都是一副刚从水池里上来的表情和打扮，据说管理员的妻子正带着春彦和皋月在水池里玩耍。

不久后，石户医生出现了。

于是，和昨天晚上一样的 13 个人齐聚大厅，分组方式与座位和昨天大不相同。站在壁炉台前的是石户，离他最近的位置上坐着小野里。

今天负责提问的不是进藤副教授，而是由小野里律师亲自上阵。这或许会变成石户与小野里的交锋，所有人从一开始就跟着起哄。

大河内夫妇和进藤夫妇围坐在大厅中间的桌子旁。

富士子独自坐在右前方的座位上。

坐在左前方桌子旁的是前田秀次和浦上礼美这对情侣，以及泽田真弓。

稍稍靠后的座位上，绵贯夫妇相对而坐。

天知坐在最后面的沙发上，没过多久就起身走向前，因为富士子不停地向他使眼色，一定是在示意他希望可以坐在一起。

富士子恐怕正是为此选择了单独落座，这一行为表现出富士子片刻都不想分离的心情，她越来越不畏惧他人目光的热情渐渐让天知无法招架。

天知来到富士子旁边与她并排坐下，绵贯纯夫远远地看着天知。尽管富士子摆出一副漠不关心的样子，但天知却心情复杂，因为他确信富士子过去的恋人就是绵贯纯夫。

天知和绵贯纯夫给人的感觉越看越相似，两人完全是同一种类型的人，就连气质都一模一样。如果身高和长相相似的话，恐怕会被误认为是同一个人。

爱着天知的富士子就算爱过绵贯纯夫也不奇怪，而且或许富士子的恋情没有成为绯闻，正是因为对方是绵贯纯夫，和名义上的表哥谈恋爱应该不会引人注目，而且娱乐记者们也不会发现。

"早上好。"

石户昌也站在前方的壁炉台前向大家行礼。他穿着浅蓝色的西装，蓝色马甲，戴着卡其色的领带。石户个子高，身材好，非常适合穿华丽的服装。

"今天早上让大家早早起床，实在抱歉。那场小火灾明显是人为纵火，目的是让我不痛快，或者是想让我变成烤肉。不过我现在完全不打算追究此事，而是要专心研究更重要的问题。"石户微笑着说出一段开场白。

席间传来轻笑声，也有人鼓掌，看来石户的好感度似乎比小野里更高。石户冷静自信，而且很从容，他不像小野里那么固执，确实比较容易亲近。

"那么，我的意见与小野里先生正好相反。正因为如此，我要反驳并且否定小野里先生提出的共同自杀说。从结论来说，我认为西城夫妇是被杀害的，也就是说，我主张他杀说。"

石户一边看手账本一边说，本子上密密麻麻地写满了字，很有石户的风格。

众人都看着石户保持沉默，因为被杀害、他杀说等词语感到紧张。

"首先，我希望大家想一想在派对开始时，西城先生做的简单的演讲。小野里先生，你还记得演讲的内容吗?"石户突然指向面前的小野里。

"记得大概……"面对突然袭击，小野里犹豫地回答。

"西城先生是这样说的。'今天是我的生日，对我来说，应该是一个值得纪念的生日。第一，我决定从今天开始彻底引退，不再担任教授的职务，不再发表作品，不再参加演讲、研究会和公开聚会，开始过隐居生活……' 小野里先生，是这样吧?"石户笑着对小野里说。

"是的，而且西城夫妇确实这样做了。"小野里说，他依然坐在座位上，不过声音很大，仿佛在怒吼。

"你说确实这样做了，是指?"

"彻底引退、隐居就是死亡，老师在说他已经决心赴死。"

"原来如此，这样的解释也能成立。那么，你如何解释西城先生接下来说的话呢？他说‘为了纪念我这个"老兵"引退的日子，我打算定下女儿富士子的婚事，并且向大家公布’。"

"我说了，那应该解释为西城先生的呼吁。"

"呼吁……"

"因为‘老兵’要引退，所以拜托大家决定女儿富士子的婚事……"

"不能这样解释，小野里先生，可不能这样解释。"

"为什么？"

"先生说的是要‘定下女儿富士子的婚事’，他清楚地说了要定下婚事。做出重要决定后，向大家公布，老师明确说了要得出一个结果。富士子小姐的婚事尚未决定，还没有结果，也没有向大家公布，先生为什么要和夫人一起匆忙离开这个世界呢？"

"这只是如何解释先生的话的问题，是见解不同而已。"

"昨天晚上，你说西城夫妇的自杀带着抗议的意思，抗议的对象是我们这些受到邀请的人吧。"

"嗯。"

"以死抗议的人，会把女儿的婚事完全交给他抗议的对象来决定吗？在逻辑上已经严重矛盾了吧？"石户笑着说。

小野里无法回答，他彻底被打败了。

*2*

小野里从一开始就处于不利的境地。如果密室之谜解开的话，就不需要判断最终结果了，而且至少在自杀的动机和邀请客人来参加派对的意义方面，小野里的推论太天真了。小野里已经没有胜算。

可是小野里并不会因为被彻底打败，就垂头丧气地作罢。他同样是一名优秀的男性，身为律师，当然要瞄准逆转形势的机会。

"我有问题……"小野里喝了一口橙汁，摘下眼镜，似乎想要重振旗鼓。

小野里果然一举转为攻势。他本来是负责发问的人，刚才却被逼到了接受石户反驳的立场上，不知道如何回答。与回答问题相比，占据发问权力的攻方要有利得多。

不愧是小野里，马上便注意到了这一点。

"对于受邀来到这栋别墅的人，西城老师究竟抱着什么样的目的呢？"小野里律师靠在椅背上跷起二郎腿。

"当然，老师不会没有目的就邀请客人。"石户医生左手拿着手账本，右手拿着一杯啤酒。

"目的是什么呢？"小野里再次提高声音问道。

"老师致辞结束后，应该是进藤先生吧，他向西城先生问了和你一样的问题。进藤先生的问题是，西城先生是以什么标准把他列入邀请对象的。"石户依然保持微笑，完全是一副从容的样子。

"对此，西城先生的回答是，既然要隐居，他自然想全身而退，不留任何污点。"

"是的，西城先生的完整回答是，素质低的人恐怕会在背后议论，说他是因为那件事情才引退。所以他想在这个值得纪念的日子里，让大家明白他过去没有做过任何亏心事这个事实，因此邀请了他认为最合适的各位。这同样不是想要自杀的人会说出口的话。"

"可是为什么受邀的人们能够证明先生的清白，他对这一点并没有做出具体解释。"

"当然，因为西城先生说了详细情况稍后会慢慢说明。从这里也可以看出，如果他已经下定决心在第二天早晨自杀，就不应该说详细情况稍后会慢慢说明了。"

"此事暂且不提，石户先生，你知道吗？"

"什么？"

"为什么受邀的人们能够证明先生的清白？也就是说，我在问你，你知道西城先生邀请这些客人的具体目的吗？"

"关于这件事，我知道九成。"

"你是说你可以代替西城先生说话吗？"

"就是这样。"

"你为什么会知道这件事呢？"

"根据我的推理。"

"只是推理吗？"

"不，我也是医生，是科学工作者，不会只凭借推理这种含糊的事情做判断。"

"所以你也调查了事实吧。"

"对。"

"事先调查的吗？"

"没错。"

"你为什么会想到事先调查呢？"

"可以说是出于我的好奇心吧。其实受到先生邀请时，我抑制不住好奇心，问了参加派对的人员名单，这究竟是怎么回事呢？是要发生什么事情吗？先生有什么打算呢？是不是要发生不得了的大事了呢？我就是有这种感觉，所以尽管觉得很没礼貌，还是委托信用调查所尽可能对所有参加派对的人进行了全面调查。"虽然石户自己表情平静，但他的发言却似一颗大炸弹。

人们在一阵茫然后，渐渐开始发出责备和不满的声音，周围突然变得吵闹。这样一来，人们对石户的好意和好感应该会瞬间消失，面向石户的脸上都带着愤慨的表情。

"你说信用调查所！"

"你有什么权力做这种事?!"

"真没礼貌。"

"你说我们也被信用调查所的侦探调查过?"

"这关系到人权问题。"

"太奇怪了，为了满足自己的好奇心，侵犯他人的隐私……"

"我们走吧，没必要配合这种事情。"

"就是，太令人不快了。"

"不过，你还真是做了荒唐的事情啊。"

"还医生呢。"

"我要以损坏名誉的罪名告你。"

"究竟调查了什么?"

"真恶心。"

"是不是应该追究这个医生的责任呢?"

责备声四起，还有人离开座位。再这样下去，场面恐怕就无法收拾了。不过石户这样的男人应该不会在没有预测到会引发大骚乱的情况下，一不小心曝光秘密。

石户应该是在明白一切后，说出信用调查所的事情的。证据是石户十分沉着地看着眼前的混乱景象，脸上写着"不出所料"。本来吵闹的就不是大厅里的所有人，只有大河内夫妇、进藤夫妇、前田秀次和浦上礼美这对情侣出声表示愤慨。

绵贯夫妇和泽田真弓保持沉默，他们只是表情惊讶茫然，眼神里带着愤怒和抗议。这三个人一动不动，并没有起身的意思。

天知和富士子保持着旁观者的立场，只是对石户采取了极端的行为感到惊讶，重新审视这个男人的性格而已，没有理由产生更激烈的感情。

大概是因为这些人不在乎被调查吧。

"请大家安静……"石户看准时机，高声说道。

可是大河内夫妇、进藤夫妇还有那对学生情侣不会老老实实地听话。他们面对面地责备石户。

"你没有下命令的权力！"

"我们怎么会听你的意见？"

"你以为你是谁？"

"你应该先道歉！"

"不然我们都走了。"

"我不是在开玩笑。"

"够了吧。"

"火灾怎么不烧死你！"

"你太没礼貌了。"

"我们不是陪审员吧。"

"我不会再帮你了。"

抗议的话越来越粗鲁，恐怕是因为他们有不能真心发火的理由吧。尽管非常生气，自己却有弱点，石户当然看透了这一点。

"各位，我没有做违法行为。有小野里律师这位法律专家在，大家问问他，损坏名誉的罪名是否成立，如何？"石户收起笑容说，态度冷静且强硬。

因为石户态度强硬，吵闹的人立刻闭上了嘴。

"有的人因为意料之外的事情态度狼狈，也有的人一直保持冷静啊。"石户带着嘲讽的笑容环视所有人。

他这样一说，吵闹的人更加尴尬了，仿佛被认定态度狼狈的人一定有原因。如果现在愤然离席，还不知道事后会被如何议论。

他们本来就是胆小、无法坚决反抗的人，最怕的就是在自己离开后被别人随意批评中伤。一想到这里，他们就没办法离席了。

"请各位一定不要误解。我并没有以调查各位私人行为上的秘密为乐。除了好奇心之外，我还是个谨慎的人，害怕万一发生什么事情。结果不是正如我所料，确实出了大事吗？而且我们现在正处于警察的监视下，等待定罪，真是奇怪且不上不下的状态。那么，我们现在首先该做些什么呢？答案只有一个，那就是依靠我们的力量找出案件的真相。

"如果是杀人案，就必须证明这个事实，找到真凶，找到真凶也能证明其他所有人的清白。我事先做的调查现在也能派上用场。或许我会在此公开各位私人行为上的秘密，可是这种事情并不重要，不是吗？如果能因此找到真凶，就能让没有做过坏事的人重获自由……找到真凶，让无罪的人获得自由。就算是为了正义，也请大家帮助我。"

石户医生不知什么时候又在脸上挂上了笑容，实在是巧妙的话术。他并没有像小野里那样用力或者充满表演痕迹，而是正常且平淡地叙述，反而显得更有说服力。

"那么我继续提问。"小野里说。

"请。"石户冲着小野里点了点头。

大厅里鸦雀无声，又恢复到之前的状态。说得好听点是屈服于石户的话术，说得难听点是屈服于他的恶毒。无论如何，他们突然变成了更加配合的人。

"西城夫妇在户籍上已经不是夫妻关系，这件事也是你通过事先调查了解到的吗？"小野里开始提问。

"是的。因为如果不调查先生的话就不公平了。"石户又打开手账本。

"我再问一遍，请你具体说明西城先生邀请的每个人的目的和用意，当然，内容是基于你的推论……"

"从谁开始呢？"

"就从你和我开始吧。"

"关于我和你，目的很清楚。先生想选择其中一个人作为富士子小姐的未婚夫，并且向大家公布。"

"接下来，绵贯夫妇如何呢？"

"绵贯纯夫是先生唯一的侄子，代表西城家为数不多的亲戚，当然要出现在见证公布富士子小姐婚事的场合，并且先生邀请了他的夫人。"

"大河内教授呢？"

"他是最适合证明先生清白的人，所以受到了邀请。"

"大河内夫人?"

"一样。"

"进藤副教授如何呢?"

"一样。"

"进藤夫人也是吗?"

"一样。"

"前田秀次如何呢?"

"一样。"

"浦上礼美呢?"

"还是一样,上述六个人都一样,刚才强烈对我表示抗议的六个人都一样。"

"我不太明白。"

"不明白什么?"

"这六位最适合证明西城先生的清白,我认为正好相反。"

"正因为如此,你的判断是西城先生带着对这6位的抗议,决定和夫人共同自杀吧。"

"可事实不就是这样吗? 这六个人都是西城先生的敌人。尤其是浦上礼美,正是起诉西城先生的当事人。"

"那么小野里先生,请你这样想一想。如果现在他们还是真正的敌人，会接受西城先生的邀请来到轻井泽吗？"

"你是说这六个人现在已经不是真正的敌人了吗？"

"没错，西城先生和这六个人之间已经和解。"

"和解？"

"口头和好没有意义，或许这次派对就是为了纪念和解。因为8月8日是西城先生的生日，所以要在轻井泽的别墅开派对，这是纪念三件事的派对。"

"纪念三件事的生日派对吗？"

"三件事分别是先生的引退、富士子小姐的婚事，以及和六位的和解。"

"如果是这样，进藤先生问西城先生以什么为标准邀请自己这些客人，不就成了一出闹剧吗？"

"不，不是闹剧。先生邀请六位时，完全没有告诉他们还邀请了什么人。恐怕是担心六个人心生戒备，以为先生将他们聚齐后会有什么企图，或许会有人缺席。这就是先生担心的点。"

"不过只要来到轻井泽的别墅，六个人就聚齐了，所以进藤先生会问西城先生邀请客人的标准。"

"正是如此，进藤先生也许是担心在派对上会被迫接受什么要求吧。"

"事实上，西城先生打算提出什么要求吗？"

"当然。所以西城先生并没有直接回答进藤先生的问题。没有说他希望在这个值得纪念的日子里证明自己的清白。不只是口头和解，或者形式上的和解，先生的目的是在派对的第二天，由六个人亲口证实他的清白。"

"西城先生希望六个人证明他是无辜的吧。"

"所以先生才会说既然要隐居，自然想全身而退，不留任何污点。"

"是这样吗？"

"无论如何，这次派对对先生来说，本该成为有生以来最令人感动的纪念日。先生的隐退、富士子小姐的婚事、不白之冤的平反，再加上第 61 次生日。几乎与绝望和苦恼无缘的先生，为什么不得不自杀呢？为什么必须带上夫人一起自杀呢？也就是说，只根据这些事实下判断，就能直接否定西城夫妇自杀的说法。不仅如此，先生还邀请他心爱的女性来到了这栋别墅，他怎么可能抛下心爱的女性，和夫人一起自杀呢？"

"你说老师心爱的女性，是谁？"

"大家当然都知道的吧。这四年来，先生一直真心爱着，而且全身心地深爱着先生的女性，就是他曾经的秘书——泽田真弓小姐。"

石户医生娓娓道来，客气地把视线投向泽田真弓。所有人都看向泽田真弓，不是冷淡或者出于好奇的目光，每个人都目光真挚地注视着正在流泪的泽田真弓。

"西城夫妇的死，明显是他杀。"石户第一次加重了语气。

### 3

西城丰士和若子三年前在户籍上就不再是夫妻关系了。

四年前，西城丰士与秘书泽田真弓彼此相爱。

这两个事实之间自然存在因果关系，石户昌也对此做出了详细说明。根据他的说明，若子夫人完全不知道两人在户籍上已经离婚的事实。

离婚手续是西城丰士秘密办理的，夫妻双方并没有达成共识。若子夫人做梦都没有想到这种事情，就离开了人世，她完全没有发现丈夫与其他女人的关系。

一是因为若子夫人的教养好，她是所谓传统的妻子，认为这种事情理所当然。而且丈夫的情人身份特殊，是大学研究室的秘书。教授和秘书每天都会见面，总是共同行动。两人本来就是彼此知心的关系，这种关系成了盲点。

　　不仅是若子夫人，大学里同样没有任何一个人发现西城教授和泽田秘书的特殊关系。知道两人关系的，只有两人在这四年里一直去的芝高轮情人旅馆的前台人员。

　　西城教授和泽田真弓在四年前相爱，绝不是因为花心或者酒后乱性。两人直到两年前才发生了肉体关系，在此之前一直因为彼此相爱而苦恼。

　　泽田真弓打从心底尊敬并且爱着比自己大 30 岁的西城教授。她性格隐忍，会为爱奉献一切；她很有女人味，沉默寡言，在献身中感受到爱的欢愉。

　　西城教授也在泽田真弓身上看到了以自我为中心的现代女性身上没有的，真正的女人味，且深爱着她的稀有性，仿佛被一件艺术品吸引。西城教授似乎自认为这是他这辈子仅此一次的恋爱。

　　可是结婚是绝对不可能的。泽田真弓从一开始就知道，她也不期待结婚。她能当西城教授的情人已经满足了。

　　泽田真弓的口头禅是到死都想当先生的情人。面对她楚楚可怜又诚挚的感情，西城教授想做些什么报答她，于是想到了和妻子在户籍上解除婚姻关系。

　　"虽然我不可能和你结婚，不过至少可以在户籍上与妻子解除婚姻关系，希望你能理解我的诚意。"西城教授是这样告诉泽田真弓的。

尽管泽田真弓反对，不过西城教授言出必行。据说那天晚上，泽田真弓靠在西城教授胸前哭了一夜。这个年近花甲的男人的诚意让泽田真弓既感动又开心。

"我第一次意识到，只在户籍上解除婚姻关系比想象中简单。"石户昌也露出微笑，环视众人。

"即使没有配偶的同意，离婚申请也可以随便写，用市面上出售的廉价图章就可以完成，也没有人会调查保证人是否真的存在，唯一的问题在于是否被配偶发现。"石户医生说道。

"啊，这种事只有在对方看到户籍誊本或抄本时才会发生。"小野里实插嘴说。这件事也算律师的专业领域。

"仔细想想，人们几乎没有机会看户籍誊本或抄本吧。"石户医生冲着小野里律师点了点头。

"一对夫妇只有在孩子出生、入学、结婚、就职的时候会接触到户籍誊本或抄本吧，除此之外几乎用不到。"小野里说。

"所以若子夫人在三年里完全没有发现，而且在没有发现的情况下去世了。"石户昌也看向手账本。

"今年1月，报纸上登出强奸未遂事件后，泽田真弓为什么立刻从东都学院大学离职？"小野里问。

"这同样是由于泽田小姐献身式的爱。那件事让西城先生身边的人议论纷纷，使秘密有被戳破的危险，如果导致泽田小姐和先生的关系曝光，恐怕会给先生带来麻烦。泽田小姐想到这些，决定牺牲自己，早早离开了大学。"石户医生的脸上依然带着笑容，或许是不希望气氛变得阴沉。

当事人泽田真弓纹丝不动。她低下头，用手帕捂住眼睛。现在，大家公认她是与西城教授相爱的女性，也许她正在为自己心爱的男人之死而悲伤不已吧。

泽田真弓没有否认，她承认石户昌也的话全都是事实。昨天，石户提到西城夫妇三年前已经在户籍上解除婚姻关系时，泽田真弓也立刻起身离开了大厅。

由此可知，石户昌也的调查结果是正确的，他说的话都是真的。所有人似乎都是这样想的，只是没有人多说话。

"所以西城先生有真心相爱的女性，那么先生为什么要强迫女生进行性行为呢？当然，先生什么都没做。强奸女生未遂事件是一部分人的阴谋，是捏造出来的。"石户医生说完，继续解释新的调查结果。

东都学院大学自从去年4月新理事长就任以来，对立抗争就越来越激烈。新理事长选出的理事长代理本来就是一个需要提防的人物，他刚一就任就开始进行独断专行的管理，导致校长派的反抗运动开始显现。

理事长派和校长派彻底分裂，发展成为一片混乱的斗争，而且渐渐变成了低水平的相互中伤。每个月都会出现奇怪的文件，甚至出现了损害名誉的官司和暴力事件。

理事长派的代表人物，有权有势的教授西城丰士最终也落入圈套，打倒西城变成了校长派的口号。

恐怕很早以前就对西城教授抱有反感的一部分校长派教授和副教授策划了不符合教育者身份的阴谋，捏造强奸女生未遂事件，且有一个女生正可以利用。

这名女生 A 子是西城教授的狂热拥趸之一，会闯进西城教授的房间，频繁出入研究室，她还用法语写过情书般的信，并亲手交给西城教授。

还有人看见过 A 子在研究室里依偎着西城教授。当时西城教授推开 A 子，严厉禁止她今后进入教室和研究室。

A 子因为此事反过来开始憎恨西城教授，校长派让 A 子加入计划。A 子觉得有趣，便产生了兴趣，很快接下了这个任务。

还有一个学生 B 君被卷入阴谋中，B 君是 A 子的男朋友，两人的恋爱关系并非正式，A 子利用有钱的富二代 B 君，B 君恐怕只是享受与 A 子的性爱罢了。

不过 B 君确实是 A 子的男朋友，校长派正利用了这一点。B 君没有把握顺利毕业，教授和副教授提出的委托对他来说很有吸引力。B 君打着自己的小算盘，同意加入计划。

与西城教授关系亲密的医学院 C 教授，以及被当成西城教授徒弟的法语系 D 副教授都加入了计划。C 教授和 D 副教授确实是校长派，不过他们把西城教授赶出大学是出于个人原因。

"因此，A 子、B 君、C 教授、D 副教授聚齐时，就能完美地证明西城先生的清白。"石户医生看向大河内教授和进藤副教授。

紧盯着石户医生的只有大河内夫人昌子以及进藤夫人季美子。大河内洋介、进藤信雄、浦上礼美和前田秀次四人都转头不看石户。

没有人反驳。

"如大家所料，A 子是浦上礼美、B 君是前田秀次、C 教授是大河内教授、D 副教授是进藤副教授。"石户加了一句。从表情上看，他很满意没有人反驳的情况。

"也就是说，西城先生为了证明自己的清白，邀请四人参加派对，你的说法我很理解。可是大河内教授和进藤副教授为什么要与夫人同行呢?"小野里律师问。

"当然，西城先生在邀请时特意提出了请二位的夫人同行。"石户医生冲盯着自己的教授夫人及副教授夫人笑了笑。

"这只是因为先生想要模仿欧美的派对吗?"

"我想先生自然有这种想法，不过不仅如此。"

"还有什么其他目的吗?"

"先生邀请二位夫人，是为了掌握某种决定权。"

"为什么邀请二位夫人能够掌握决定权呢?"

"因为万一出席派对的大河内教授和进藤副教授拒绝证明西城先生的清白，二位夫人在场就能起到重要作用。"

"我不太明白。"

"也就是说，包括夫人们在内，西城先生掌握了大河内教授和进藤副教授的弱点。我刚才说过，虽然大河内教授和进藤副教授是校长派，但他们想把西城先生赶出大学是有个人原因的。"

"嗯。"

"所谓个人原因，其实是这样的。西城先生掌握着大河内教授和进藤副教授，包括二位夫人在内的重要秘密，所以两人没办法与理事长派的西城先生平等交锋。于是两人决定策划阴谋，让西城先生下台。"

"西城先生要和各位和解，就是打算用这个重要秘密作为交易吗？"

"西城先生不会做这样的事。强奸未遂的起诉最终没有立案，警察也停止了调查。这意味着阴谋实际上以失败告终。事已至此，最好的方法是在阴谋暴露前收手，于是浦上礼美先于 3 月撤诉。西城先生也对大学感到厌倦，从 4 月开始称病告假。"

"在这个时间点，双方能够自然而然地和解吧。"

"没错。后来，西城先生和浦上礼美、大河内教授、进藤副教授见面协商，达成了和解。只是先生并不满足于此，所以在自己的引退和生日纪念派对上召集众人，希望证明自己的清白。"

"我明白了。下面能不能请你具体说明一下重要秘密是什么呢？"

"这个嘛……"

"不行吗？"

"我是完全无所谓，不过事关个人名誉，很难说出口。"

"既然是能够称为他人弱点的秘密，自然事关个人名誉。可这里不是出于兴趣，想了解别人秘密的闲聊会，也不是以不负责任的风言风语为乐的沙龙，而是为探明真相，了解真实情况的讨论，与法庭无异。"

"道理确实是这个道理……"

"石户先生，你已经完成他杀说的合理证明了吧？既然如此，就必须得出结论，指出凶手。"

"当然，我是这样打算的。"

"可是这样难道不会影响个人名誉吗？如果因为事关个人名誉不能说的话，同样不能指出凶手才对。"

"真难办。"

"没什么难办的。只有大厅里的人们在听，所以只要所有人发誓走出房间后，绝对不泄露秘密就行了吧？"

"我认为当事人的想法很关键。"石户表情为难，在壁炉台前徘徊。

"可是只说有重要秘密是缺乏可信度的，就算把那番话当成你杜撰的也可以理解。任何事情只要没有证据，就不能断定真实性。"小野里转过身，似乎在寻求赞同。

"我发誓。"浦上礼美举起手。

"请一定要说出来。"前田秀次说道。这对学生情侣似乎很想知道教授和副教授的重要秘密。其他人没有说话，不过也没有人反对，并不认为小野里做得太过，说得太过。两组当事人夫妇也保持沉默。

　　大河内教授闭上眼睛，上臂抱在胸前，进藤副教授则默默地喝着兑水威士忌。两人或许已经死心，或许在闹别扭，大河内昌子的眼神惴惴不安。

　　进藤季美子带着一副天不怕地不怕、置身事外的表情，感觉是在赌气。若非如此，她一定是带着乐观的心态，怀疑石户并不是真的知晓秘密。

　　"各位当事人没有表态，可以认为大家全权交给石户先生处理了吧。"小野里说道。

　　"既然如此，我就说了。"石户停住脚步转向正面，表情相当严肃，除了两对夫妇之外，所有人都注视着他。

　　"首先，要从进藤夫人身体出现不适开始，因为是妇科病的症状，进藤副教授自然找到了大学医学院妇产科的大河内教授帮忙检查。尽管大河内教授随口答应了，却在这里犯下了一个重大失误。"

　　石户脸上没有笑容，或许是因为意识到两人同样是医生。

　　"你说失误……"小野里问道。

　　"是误诊。"

　　"教授误诊了吗?"

　　"大河内教授的诊断是轻度肾上腺肿瘤，因为是良性的，所以采用内科疗法就可以。然而那是误诊，进藤夫人的病在治疗过程中越来越严重，一直在恶化。"

"其实是什么病呢?"

"黄体瘤，是一种卵巢肿瘤。虽然黄体瘤经常被误诊为肾上腺肿瘤，但是对于权威来说，属于低级失误。大河内教授担心名誉和信用受损，伤害自己光辉的从医履历，于是封了相关人员的口，秘而不宣。"

"进藤夫人的病怎么样了呢?"

"本来只需要做部分卵巢切除手术，但由于耽误了时间，必须摘除全部卵巢。"

"教授欠了进藤夫妇一份大大的人情啊。"

"是的。另外，进藤副教授在出入大河内教授家的过程中，和昌子夫人产生了亲密的关系，最终发展到了男女关系。"

"哦?"

"这段关系已经持续了一年多。"

"大河内教授发现了吗?"

"没过多久就发现了。可是大河内教授默许了进藤副教授和妻子的不忠行为。一是因为夺走进藤夫人的女性魅力，自己要负很大责任。另一点是因为大河内教授已经丧失了身为男性的功能，无法满足年轻夫人的需求。”

“原来如此……”

“这些事情全都被西城先生知道了。”石户医生叹了一口气，说明结束。房间中陷入奇怪的寂静中。

4

意想不到的秘密被曝光，所有人都无话可说，而且是在当事人面前。无论说什么，对当事人来说都是残酷的。大家恐怕认为应该早早中止这个话题，不要再次提起了。

大河内教授闭着眼睛，依然抱着胳膊。

进藤副教授也继续喝着兑水威士忌。两人都保持着同样的姿势，如果现在发怒，只会徒增羞耻，而且也不能硬着头皮起身逃走。最明智的做法就是平静地充耳不闻，摆出一副事不关己的表情。

两个人都明白，与此事相比，参与到打倒西城教授的阴谋一事被曝光要羞耻得多。两人或许已经计算过，个人的秘密被揭露，或许反而会博得同情。

大河内昌子低着头。

进藤季美子看向一旁。

两人同样没有动。因为丈夫们摆出一副事不关己的表情，她们并不能果断离开大厅，两位女士都没有要起身的意思。

或许大河内教授已经暗中达成了谅解，但现在恐怕是他第一次明确承认进藤副教授和大河内昌子的特殊关系。他的承认让两个女性成了敌人，在进藤季美子眼中，大河内昌子是丈夫的情人。

在大河内昌子眼中，进藤季美子是她心爱的男人的妻子，这样的两个仇敌一起离开同样很奇怪。虽说如此，一个人离开则更显悲惨。

天知昌二郎仔细打量两人的妻子。

进藤季美子身上确实缺少女人味，她本来就是个平凡的女人，身上完全找不到特点和魅力点，给人留下的印象是气色差、不性感的女人。

也许是因为在她身上感受不到生气吧，她看起来只是一个悠闲生活的人，脸上既没有欲望也没有热情。虽然未显老态，但作为一个 39 岁的女人来说确实缺少性魅力。

而大河内昌子正好和她相反，是个充满活力的女人。她正如天知昌二郎感受到的那样，身材丰满，看起来正值女性最美好的年华，眼神中带着浑然天成的妩媚，十分性感，完全是性感人妻的写照。

天知回想起在泳池边看到的景象——进藤副教授和大河内昌子在泳池里你追我赶，吵吵闹闹。现在想来，那份欢乐和开心娇媚的声音是关系特殊的男女间特有的。

"到这里为止，我大致说明了西城老师邀请大家参加派对的真正想法和目的。我想只凭以上的内容，已经足以彻底颠覆西城夫妇自杀说，不过下面我还会提到个别问题，来证明他杀说。"石户昌也说完，一口喝干了杯子里的啤酒。

"下面才是正题啊。"小野里实少见地点上了烟。

终于要进入正式的论战，石户昌也将一口气直逼核心，他干劲十足，而小野里实同样准备应战。

"我会彻底否定并颠覆小野里先生的主张。"石户打开手账本笑着说，他从一开始就表现出对小野里的挑衅。

"如果你的否定是恰当的，我也不会勉强反驳。"小野里讽刺地笑着说。

"首先从 WS 这两个字母开始。认为它代表 Double Suicide，是用英语传递出自杀的含义，没有任何根据，可笑至极。"

"是吗?"

"小野里先生，你说夫人为了明确夫妇的死是自杀，才写下了 WS 吧?"

"对。"

"临死前，夫人想明确传达一件事情，既然如此，最重要的就是留下简单易懂的信息。如果别人看不懂自己留下的信息，就没有任何意义。既然如此，夫人为什么要特意留下WS这种令人难以理解的字母呢?"

"夫人认为WS已经足以传递信息了。"

"别开玩笑了。西城夫人是日本人，她留下的信息也是给日本人看的。看到WS这两个字母，有几个日本人会理解为自杀呢? 不，就算是英国人、美国人，也不会联想到自杀。"

"不能如此断言吧。"

"把WS解释成自杀，只是想过各种可能性之后的牵强附会，而且WS还可以理解为其他含义，会引起麻烦。夫人会故意留下能引起麻烦，难以理解的信息吗?"

"夫人没有时间留下笔画多的日语，我认为她是留下了灵光一闪想到的WS。"

"当然，她应该用日语写下'心中①'，心中这两个字的笔画反而更少吧。写WS和心中需要的时间几乎没有区

---

① 心中，日语中意为自杀，亦有殉情的意思。——译者注

别吧?"

"这个……"

"而且既然她这么想要让大家明白这是自杀,留下遗书就好。"

"两人一开始就没有留下遗书的想法。"

"只留下一张写着自杀的便条也好啊。"

"因为西城夫人到了临死前,才想到要让大家明白这是自杀。"

"不对,先生夫妇是被杀的,他杀不会留下遗书,所以没有遗书。"

"既然如此,你来说说怎么解释 WS 吧。"

"在杀人案中,被害人会留下某些内容。在这种情况下,可以认为留下的文字和记号百分之百是指向凶手的。被害人知道凶手是谁,想告诉活着的人凶手是谁。这是被杀害的人对凶手最大程度的复仇,WS 同样必须被看成是指向凶手的信息。"

"你认为 WS 是姓名的缩写吧。"

"包括缩写在内,一定是表示人名。"

"如果凶手存在,一定是内部的人。这里除了管理员夫妇和用人之外,就只剩下我们了吧。"

"正是如此。"

"你是说我们之中有姓名缩写是 WS 的人吗?"

"虽然不是准确的姓名缩写,不过有两个人可以说是 WS。"

"石户先生是 M. I,我是 M. O,大河内教授是 Y. O,夫人是 M. O,进藤副教授是 N. S,夫人是 K. S,浦上是 R. U,前田是 H. M,泽田小姐是 M. S,绵贯先生是 S. W,夫人同样是 S. W,S. W……"

小野里抬起头,嘟囔了好几遍 S. W,带着一副虽然想到了却不敢置信的表情。

"没错,绵贯纯夫先生和澄江夫人,两位的姓名缩写同样是 SW。"

石户双手背后,盯着天花板,并没有望向绵贯夫妇。

有几个人小心翼翼地回头,想要看看绵贯夫妇的反应。绵贯纯夫并不吃惊,也没有表现出愤怒,他一脸失望地盯着石户医生。

妻子澄江也没有表现出不安,只是眼神变得可怕。绵贯夫妇之前总是单独行动,也不和其他客人交流,脸上本来就是这副表情。

"石户先生,你说的凶手的姓名缩写指的是 SW 吗?"小野里站起来探出身子，他或许认为这是重点。

"是这样。"石户医生上半身向前后微微摇摆，自信满满地点了点头。

"可是 WS 和 SW 不一样吧？"

"所以我说了不是准确的姓名缩写。"

"太不准确了，姓名缩写应该是名字的首字母在前，然后是姓的首字母，这种事情就连小学生都知道。"

"因为这种写法是由名字在前，姓在后的外国全名书写习惯而来的，以我的名字为例就是昌也（MASAYA）石户（ISHIDO），姓名缩写自然会变成 M. I。但是日本人姓在前，应该是石户（ISHIDO）昌也（MASAYA），所以姓名缩写当然必须是 I. M。"

"也许确实有人这样看姓名缩写，但是在日本，完全模仿外国，用名在前姓在后的方式表示姓名缩写已经成为一种习惯。比如 SW 和 WS 这两种姓名缩写，日本人也会认为是完全不同的人。"

"绵贯纯夫先生姓名正确的缩写确实是 SW，可是既然他是日本人，就算写成 WS 也不能说是错的。"

"那么你是说西城夫人留下的 WS，指的是绵贯纯夫先生的姓名缩写吗？"

“没错。”

“我实在想象不到西城夫人会写错姓名缩写。这不是和你强调的，留下文字的第一条件必须是正确和简单易懂自相矛盾吗？如果弄错了姓名缩写，很有可能指向其他人，招致误解和混乱。”

“西城夫人从战前的旧制高等女校毕业后，进入了国文系专业。她从那时起就不擅长英语，后来记忆更加模糊，经常说自己太不擅长英语，不配作为法国文学权威学者的妻子，所以西城夫人当然不会知道 Double Suicide 这个英语单词。”

“因为英语不好，就会把 SW 的姓名缩写错写成 WS 吗？”

“我没有这样说，只是几十年里在日常生活中没有接触过姓名缩写的人，在临死前陷入混乱的状态下，很有可能在一瞬间把 SW 写成 WS。”

“既然如此，就不应该用不擅长的英语写姓名缩写吧？应该用日语清楚地写出名字。”

“绵贯纯夫的笔画太多，时间来不及。”

“不写汉字，写片假名呢？而且不需要写出全名吧，只需要写下ワタヌキ（绵贯）就够了。WS 和ワタヌキ没有太大区别吧。”

“在西城夫人心中，只留下了绵贯纯夫先生的脸和名字。

因为她身处临死前的痛苦之中，所以失去了正常的判断能力和思考能力。只剩下说出凶手的执念支撑着西城夫人写下信息。在这种情况下，因为是绵贯纯夫，所以姓名缩写是 WS，因为这个简单的想法写下 WS 有什么矛盾的呢？"

"够了，这是你出于主观的推论，再争下去也不会有尽头，还是继续往下说吧。就算是石户先生，应该也不会只凭 WS 这两个字母就怀疑绵贯纯夫先生吧？"

小野里律师摘下眼镜坐回椅子上。只有此刻，小野里看起来更加从容，也许是由于他认为在 WS 的争论中，自己占据有利地位，因此有了胜利者的心态。

"当然，我怀疑绵贯纯夫先生还有其他依据。WS 这个姓名缩写符合绵贯纯夫，只是我在事后才注意到的而已。"

石户医生清了清嗓子，似乎要转换心情，居高临下地扫视整个大厅。

"你说依据？"

"不在场证明。西城夫妇的推断死亡时间是 9 日上午 10 点左右。因为凶手必须在那之前把西城夫妇带到犯罪现场，在那里进行交流，让两人喝下毒药、布置密室等等，所以从 9 点 30 分开始，会有一个小时左右的时间消失在我们面前。也就是说，在这一个小时里没有不在场证明的人应该被判定为凶手。虽然简单，却是不可动摇的证据。"

"那段时间里，我们在泳池吧。"

"在水中，或者泳池边上的所有人都可以互相确认对方是否在场。我们在上午9点15分都聚集在泳池和泳池周围，直到10点30分之前，没有任何一个人离开，因此我们有完美的不在场证明。"

"有完美的不在场证明的人不可能犯罪。"

"大河内夫妇、进藤夫妇、浦上和前田同学、泽田小姐、绵贯澄江女士、天知先生、富士子小姐、小野里先生和我这12个人有完美的不在场证明，不可能是凶手。"

"只少了绵贯纯夫先生的名字啊。"

"只有绵贯纯夫先生一开始就没有来泳池，而且他在上午10点30分出现在泳池旁边。正好在需要不在场证明的时间段，绵贯纯夫先生不知所终，这不是我一个人观察到的，应该还有其他人注意到了同样的事。"

"我也记得。"

"也就是说，只有绵贯纯夫先生一个人没有不在场证明。为谨慎起见，我问过管理员夫妇和用人在这段时间里有没有看见过绵贯纯夫先生，他们的回答是没有。"

"绵贯纯夫先生，请您为自己辩解一下。"小野里戴上眼镜望向绵贯纯夫的座位。

"绵贯先生,请。"石户医生也对绵贯纯夫说。

绵贯纯夫缓缓站起身来。他面无表情,只有眼神中带着挑衅,坐在他身边的绵贯澄江倒是因为忍耐着愤怒而满脸通红。

"我因为无聊,才来看这场像学校汇报演出一样幼稚的庭审戏,实在没想到我会被当成被告。不在场证明、不知所终,我若是在杀了伯父夫妇后还表现得这么明显,真是只能用一句荒唐来形容。"绵贯纯夫面无表情,语气平淡地说。

"9 号早餐之后到上午 10 点 30 分,您在哪里?做什么?"石户医生询问,无视绵贯的开场白。

"散步。"

"在哪里散步?"

"走出别墅到了三笠,在町营的露营场地附近闲逛。"

"您有散步的习惯吗?"

"不,没有,只是突然来了兴致。"

"为什么一个人去?和夫人一起不是更自然吗?"

"我老婆擅长游泳,一大早就被泳池吸引了,不过我和她相反,不喜欢水,也不会游泳,于是就一个人去散步了。"

"有人能证明您去散步了吗?"

"恐怕不能，虽然我遇到了几个路人，不过都是陌生人，只是擦肩而过罢了。"

"这样不能作为不在场证明。"

"你似乎很拘泥于不在场证明，只靠这一点就能推断出凶手吗？"

"我怀疑您，并不只是因为您没有不在场证明，还有姓名缩写 WS、动机和取得毒药的途径。"

"我有杀死伯父夫妇的动机吗？"

"一是对财产分配不满，还有一点，对我来说这件事实在不想说出口，但是刚才既然已经说出了大河内夫妇和进藤夫妇的个人秘密，不能出于私情对您进行特殊对待，所以我还是要说，另一个动机是富士子小姐和您过去曾经有一段热烈的恋爱关系。"石户语气激动地一口气说完，他再次曝光了一个具有冲击性的秘密。

5

石户医生的话让四名男女受到了巨大的打击，其中之一当然是绵贯纯夫，他第一次变了脸色，哑口无言，跌坐在椅子上。

另一个人是绵贯澄江，她握紧手帕的双手在桌子上剧烈颤抖，面色通红的脸这一次失去了血色。丈夫过去的恋爱情况在众人面前曝光，对澄江来说恐怕是莫大的屈辱。

如果两人是中年夫妇，丈夫一定会不好意思地挠挠头，妻子则会笑着嘲讽几句就过去了。可澄江还年轻，而且丈夫恋爱的对象就在现场，让澄江无法释怀。

第三个人是西城富士子，她因为刚刚发生关系的恋人就坐在旁边，所以受到的打击更大。富士子慌忙低下头，脸一直红到耳根。

如果昨天晚上没有向天知坦白自己曾经谈过恋爱，富士子现在一定会逃走。尽管如此，过去的热恋被指出，而且还曝光了对方是绵贯纯夫，这让富士子坐立难安。

坐在天知旁边的座位上，对富士子来说恐怕是如坐针毡。

第四个人是小野里律师。小野里一定深信富士子是没谈过恋爱，没和男人发生过关系的处女。突然听到她曾经谈过一段热烈的恋爱，让小野里相信的事情被否定了。

他一定会在瞬间感到惊讶吧。

富士子和名义上的表哥有恋爱关系这件事情本身既不意外，也不会让人感到不快。事情已经过去了，而且富士子曾经谈过一两段恋爱反而更自然。

更让小野里感到不愉快的是与他情况相同的石户昌也知道了他所不知道的信息，这让他深受打击，而且悔恨不已。石户是从谁手里得到信息的呢？西城夫妇？还是富士子本人？想到这点，对竞争对手的嫉妒像火焰一样喷出。

富士子的手在桌子下动了动，她在摸索天知的手，天知拉过富士子的手紧紧握住，意思是不要在意。富士子紧紧回握，甚至握到手都痛了，大概是在表达感谢和开心的情绪。

其实天知完全不在意，富士子已经向他坦白了，他也猜到了富士子的恋爱对象，她的第一个男人恐怕是绵贯纯夫。

在天知眼中，石户的话只是证实了他的猜测而已。现在富士子正和天知处于热恋中，嫉妒她过去的男人未免太幼稚，天知现在对富士子只有同情。

但石户昌也这个人究竟是怎么想的呢？石户自己明明非常希望结婚，为了获得求婚的权利与小野里辩论，却在众人面前曝光了结婚对象富士子过去的恋情。

他为了赢得辩论不惜做到这种程度吗？为达目的不择手段，他如此执着于和富士子结婚吗？还是说他作为冷静的科学家，将合理性放在第一位，决心追求真相呢？

"你为什么知道绵贯先生和富士子过去曾经谈过恋爱的事实？"小野里紧张地问道。他似乎很重视此事。

"我从在东京的西城宅邸住了十二年，两年前退休的婆婆口中打听出来的。"石户医生笑着回答，似乎看透了小野里的想法。

"是吗？"小野里仿佛全身被抽干了力气。知道了信息来源，一定让他松了口气。

"根据婆婆的说法，两人从四年前开始谈恋爱，大约一年后分手，是在绵贯先生29岁、富士子23岁的时候开始的。或许两人在那之前就被彼此吸引，不过确定恋爱关系是在四年前。"

"这段恋爱关系只持续了一年，为什么呢？"

"真相似乎是西城夫妇发现了两人的亲密关系，强烈反对，强制两人分手。"

"西城夫妇反对的原因是？"

"原因对于绵贯先生来说非常屈辱，西城夫妇似乎是这样说的。他的才能不足以继承西城家的家业，富士子的结婚对象会由父母来寻找合适的人……"

"原来如此，这话对绵贯先生伤害很深吧。"小野里说着，摆出沉思的姿势。

"当然，听说绵贯先生勃然大怒。"石户搬了一张空椅子到壁炉台前坐下，然后继续解释。

　　不仅被棒打鸳鸯，还受到侮辱，双重打击甚至让绵贯纯夫想要死在东京的西城宅邸门前，他对西城夫妇的愤怒和憎恨就是如此强烈。

　　如果是陌生人也就罢了，正因为是不远不近的亲戚，让这份憎恨愈发深植心底。

　　绵贯此后再也没有去过位于东京的西城宅邸，他打算和伯父断绝关系。半年后，他和现在的妻子澄江结为夫妻。为了治愈心理创伤，他需要澄江的爱，也算是因为赌气而结婚。

　　富士子也为失去绵贯而苦恼。她暂时停下电影和电视方面的工作，像病人一样度日，不过在那段时间里听到了绵贯结婚的消息，富士子突然从绵贯的幻影中被解放了。

　　绵贯仅仅在半年后就结婚了，让富士子感到幻灭。她决定忘记绵贯，将那段恋情当成过去的梦。富士子专心投入工作，不久后绵贯从她心中消失了。

　　对绵贯纯夫来说，结婚是一生无法忘记的屈辱和凄惨恋情的终结。只要西城夫妇没有使用强权，他就能和心爱的富士子结为夫妇。同时，绵贯还会成为西城家庞大财富的继承人之一。

　　绵贯的眷恋和愤怒尚未完全消失，最近又听到了让他生气的消息。西城丰士要在生前赠出全部财产并且引退。

　　只要富士子的婚事确定，西城就要将财产分成两份赠出。一半给富士子，另一半给皋月，皋月的财产暂时由富士子和她的丈夫管理。

　　没有绵贯纯夫的名字。

　　除了富士子和皋月之外，绵贯纯夫是西城丰士三代以内的唯一亲人。西城将一半财产赠与养女富士子和她的丈夫这些陌生人，却不留给唯一的血亲任何财产。

　　实在太冷淡了。

　　另外，就像火上浇油一样出现了一件让绵贯的愤怒和憎恨爆发的事情，那就是他被邀请参加在轻井泽的别墅举办的派对，在这场派对中将会决定富士子的结婚对象。

　　那个男人竟然如此平静地做出这么残酷的事情。邀请被棒打鸳鸯的绵贯，在他面前决定富士子的婚事，这种做法简直无法用迟钝来形容。

　　西城夫妇仿佛在对绵贯说，终究要让你看看，你不配成为富士子的丈夫。把人当傻子耍也要有限度，绵贯纯夫已经忍不下去了，杀人的念头在他心中成形。

　　"以上就是动机。"

　　石户医生解释完动机，轻轻闭上了眼睛，他深吸一口气，等待绵贯的反驳和小野里的提问。

天知也终于理解了绵贯纯夫一以贯之的傲慢态度。他身上始终散发着不愉快的、反抗的气质，对富士子也很冷淡，仿佛无视她般一言不发。

对西城夫妇同样如此，他甚至不想靠近他们。

妻子澄江恐怕也和丈夫统一步调，漠视一切，不想主动和任何人亲近。她不对西城夫妇和富士子露出笑容，反而带着挑衅的目光。

只有绵贯夫妇身上带着一种孤立的气质或许正是因为如此。澄江从丈夫口中听说了情况，来到这栋别墅时一定带着深入敌境的心情。

"绵贯先生从三年前开始主动选择再也不出入西城家，为什么这次接受邀请来到别墅，我的解释是因为他有相应的目的。"石户医生睁开眼睛，双手搭在叠起的膝盖上。

绵贯纯夫沉默不语，甚至不打算反驳。

"你说还有取得毒药的途径之类的，能谈一谈吗？"小野里开口问道。

"绵贯先生在某家制药公司的横滨工厂工作。可是直到三年前，他还在东京总公司的某个药品研究所做研究员。"

"他三年前从总公司的药品研究所调到横滨工厂了吧。"

"为什么呢？药品研究所的专业研究员调动到横滨工厂

的总务科，领域完全不同，我有些无法理解。"

"是不是遇到了什么纠纷呢？"

"他在毒药、危险品的管理上出现失误被问责。需要慎重保管的毒药、危险品三氧化二砷被带走了1克，事情败露，查出是内部人员所为，而当天的管理负责人是绵贯先生。尽管没有查明真相，但绵贯先生被问责，调到了横滨工厂的总务科。"

"1克三氧化二砷……"

"西城夫妇喝下的两瓶矿泉水中一共加入了0.5克三氧化二砷，相当于用了1克的一半。三氧化二砷在砷的氧化物中毒性极强。"

"三氧化二砷就是俗称的砒霜吧。"

"没错，也叫红砒、白砒，人类的致死量为0.06克，所以西城夫妇分别喝下了致死量的4倍多。"

"我明白了，继续吧，下面终于到了讨论密室杀人可能性的时候了……"

"在此之前，请允许我否定小野里先生你的说法。"

"你要否定我的什么说法？"

"很简单，首先第一点，你说凶手应该无法强迫西城夫妇喝下加入了三氧化二砷的矿泉水吧？"

"我说的是如果需要用刀子等胁迫，凶手就不需要选择毒杀，而是直接刺杀了。"

"没错，可是这种解释太浅薄，太单纯了，有些情况还是可以用刀子威胁，用毒药杀人的。"

"什么情况？"

"这次的情况就是如此。凶手杀害西城夫妇，伪装成自杀。如果是自杀就不能用刀，因为能够从伤口的数量和角度判断被害人在被刺时是否有反抗动作。而且如果使用刀子，就必须把凶器留在现场，这样一来刀子就有可能成为线索。另外要想杀死两个反抗的人并不容易，身上一定会溅上相当多的血，对凶手来说同样非常不利。更何况尽管同样是杀人，凶手依然会有不想见血的心理。有很多人不喜欢血吧，如果对方是亲近的人，是有血缘关系的人更是如此。有了上述这些理由，凶手就会用刀子威胁西城夫妇喝下有毒的矿泉水。夫妇俩准备了两瓶有毒的矿泉水，小野里先生认为这是证明两人自杀的重点。事实的确如此，凶手为了把西城夫妇的死伪装成自杀而布置了密室，所以特意准备了两瓶有毒的矿泉水，让两人几乎同时喝下。"

"就算是这样吧。"

"第二，小野里先生认为密室杀人不成立吧。"

"这是自然……"

"也就是说如果不是密室，就有可能是谋杀了吧。"

"我想这也是理所当然的事情……"

"你多次强调那间地下室是完美的密室，但其实那里根本不是密室。"

"哦?"

"因此谋杀是有可能的。"

"那间地下室不是完美的密室吗?"

"难为你极力主张密室说，但请允许我无视。"石户医生猛地站起身。

"凶手可以从什么地方离开呢?"小野里律师敲着桌子，看上去再次兴奋起来。

"采光天窗。"石户轻描淡写地笑着回答。

根据石户医生的推论，谋杀是按照以下步骤进行的。

绵贯纯夫事先做好了准备，把加入三氧化二砷的矿泉水送进了曾经作为燃料仓库的地下室，然后只需要准备长度10米左右的绳子就够了。

旧燃料仓库的天窗可以从地下室里推开。绵贯或许是用了凳子，或许是用了圆木之类的东西从下方把天窗推开。

只要打开10厘米左右就够了。当然，凳子和圆木都被他从地下室带了出去，什么都没有留下。绵贯离开地下室，地面上的水泥墙壁从 30 厘米高的地方开始倾斜，那里是地下室的采光天窗。

距离水泥墙壁 3 米左右的地方有一根落叶松的树枝，将绳子的一头系在落叶松上，另一头从推开 10 厘米的天窗缝隙扔进地下室中。

这样一来，准备工作就完成了。

绵贯把西城夫妇带到旧燃料仓库的地下室。只要绵贯告诉西城丰士有重要的事情需要在没有人能看到的地方坦白，两人毕竟是伯侄，西城丰士应该不会拒绝。

进入地下室后，绵贯打开铁门挂上挂锁，把钥匙扔进排水用的管子底部，然后取出凶器威胁西城夫妇，强迫两人喝下矿泉水。

西城夫妇发现矿泉水里下了毒，于是拒绝喝下。绵贯威胁两人如果不喝就要捅刀子，切碎他们的肉。人在看到刀子的时候会害怕，所以两人不得不喝下矿泉水。

西城丰士和若子在绵贯的逼迫下把加入了三氧化二砷的水倒进嘴里。

绵贯看到后冲向绳子，然后顺着绳子爬到天窗旁，把天窗开得更大一些后离开。他抽出绳子后关紧天窗。

于是地下室成了完全封闭的密室，不过绵贯纯夫不知道，若子在地下室中费尽最后的力气留下了 WS 的信息。绵贯收拾好绳子后，若无其事地出现在泳池旁。

"事情就是这样，只要事先做好准备，凶手就可以仅靠一根绳子离开。实际上地下室根本不是密室，却伪装成了完美的密室，只要解开这个诡计，事情就变得很简单了。"

石户医生合上手账本，摆出一副发言结束的样子。他并没有摆出得意的表情，也没有露出满意的笑容。他表情冷静，就像做了一件理所当然的事情。

所有人都没有说话。因为完美的密室解开得太轻易，或许大家都有一种扫兴的感觉。而且石户医生的判断中没有矛盾之处，在理论上确实是可行的密室诡计。

小野里也没有说话，他陷入沉思，一定是因为没有能立刻反驳的材料，让他的心态有些畏缩。

被指认为凶手的绵贯纯夫也一脸茫然地保持沉默。

"荒唐的理论分析。"

天知把嘴凑到富士子耳边轻声说。

"嗯?"富士子抬头看着天知。

"石户的判断和推理有 90% 都很有意思，但是最后一部分不行，他在解开密室之谜的时候逃避了，迫不得已拿出了幼稚的诡计，错过的点实在太多。"天知闻着富士子的发香说道。

6

石户昌也把手账本放进了上衣内袋。

他从壁炉台前离开，坐在了小野里实对面的座位上，石户与小野里的合理证明到此为止。之后就等担任陪审员的众人进行裁决了，不过所有人都看得出来，他杀说比自杀说优势更大。石户医生的优势在于调查结果。他说出了很多新事实，为合理证明提供了依据，没有人能够否定他的论证。

西城丰士有一个情人，就是泽田真弓。所以西城丰士在妻子若子一无所知的情况下，于三年前完成了户籍上的婚姻关系的解除。仅仅用这一项事实就能推翻小野里的自杀说。小野里的失败已经板上钉钉。他自己似乎也承认这一点，表情茫然若失，蜷缩的后背散发出失败的气息。

可是恐怕没有人会因此为石户鼓掌。石户医生的调查结果暴露了太多秘密，导致四处树敌，招致众人的反感。况且如果认可石户的他杀说，就要认可绵贯纯夫是凶手的结果。

这是大家希望在人情层面避开的结果。

"下面就要进入陪审员裁决的阶段了吧！"进藤副教授大

声说，他似乎已经烂醉如泥了。

"是啊。"石户医生笑着说。

"既然如此，可要事先说清楚了，你做出的结论有任何约束力吗？"进藤副教授摇摇晃晃地站起来说。

"这是什么意思？"石户医生的脸上依然带着淡淡的笑容。

"只是举例。如果我们判定你的说法正确，那么就要把绵贯纯夫当成凶手，移交给警察之类的……"

"我不过是一介平民，不能行使法律层面的约束力，所以大家的决定仅仅适用于当下。"

"就是说只在这里生效，像模拟法庭一样吧。"

"对，大家把这件事当成语言游戏就好。不过要是被指认为凶手的人自己主动向警察自首，我认为也挺好。"

"我明白了。"

"现在，只是要请大家来裁决我和小野里两个人中，谁的说法更合理，更接近事实。"

"好，由我来点名，被点到名的人来做决定吧。"进藤副教授把杯子里的兑水威士忌和冰块全部倒进口中。

"小野里和我，以及富士子小姐没有裁决权。"石户医生说。

"首先是我自己，我弃权。理由是小野里的说法有缺点，石户的说法损害了个人名誉，我从感情层面出发不能支持他！"进藤副教授高声说，高举双手，摆出高喊万岁的姿势。

"我也弃权，理由同上。"大河内教授迫不及待地举起一只手。

"我也是。"

"我也弃权。"

大河内昌子和进藤季美子同时尖声说道。

"好，下面我要点名了，前田秀次同学，你怎么看?"进藤副教授用手指指向前田秀次。

"我同意石户的说法。"前田秀次慢条斯理地说道。

"浦上礼美同学，请说。"

"石户的说法。"

"泽田真弓小姐，如何?"

"我选石户的说法。"

"绵贯纯夫先生，你会弃权吧?"

"不，我只是把这场审判当作一场闹剧，所以不至于生气到要弃权的程度。我选择石户的说法，因为他的说法确实比小野里更合理。"

"绵贯夫人，你怎么想?"

"我同意丈夫的想法，选择石户的说法。"

"结果如上。"进藤副教授对石户说完话，重新坐回椅子上。进藤忘记了天知。恐怕是因为天知和富士子在一起，而且此前完全没有提出过疑问，所以没有存在感。

可是无论是否排除天知，结果都已经明确了。

石户的说法　5 票

小野里的说法　0 票

弃权　4 票

哪怕是弃权的四个人，对小野里来说也抱着否定的态度。

石户昌也完胜，小野里实完败。小野里律师面对壁炉台，双眼在眼镜后不停地眨，并且咬紧嘴唇，脸色有几分苍白。

不仅是因为失败带来的屈辱感，同样是因为小野里失去了向富士子求婚的资格。石户与富士子的婚事已经确定，小野里现在一定在后悔提出了这个自掘坟墓的方案。

富士子的手紧紧抓着天知的膝盖，那只手在颤抖，仿佛在哭诉这样一来自己不得不接受石户的求婚，究竟该如何是好。

天知轻轻拍了拍富士子的手，想告诉她不要担心，自己会推翻石户的说法。两人似乎心意相通，富士子带着依靠和哀求的眼神看向天知。

"刚才没有问过天知先生的意见吧。"石户医生笑着转向天知。

"我当然不支持小野里的说法，不过也不认可石户的说法。"天知面无表情地回答。

所有人的视线都集中在了天知身上。只有天知一个人否定了双方的说法，作为出人意料的第三名挑战者登场，引起了所有人的兴趣。

"你对我说的哪一点不满意？"石户昌也丝毫没有动摇，嘴角流露出一丝微笑。

"我也同意他杀说，并且认为石户的说法对了一半。但是认为绵贯纯夫先生是凶手的想法，还有密室诡计的破解都太幼稚、太不切实际了。"天知昌二郎语气平淡，面无表情。

"太幼稚，不切实际吗？"

"我认真听了你的推理，但是到了后半部分，实在失望透顶。"

"看来天知先生对凶手和密室诡计有新的见解啊。"

"很遗憾，对于凶手的身份我还没有头绪，也没有解开密室诡计。"

"但是，你打算得出新结论吧。"

"我想如果再推敲一下我的想法，就能得出结论。"

"再推敲一下，要等到什么时候呢？"

"至少要等到明天……"

"这样啊，那我们就等到明天吧。不过至少天知先生有明确的依据，可以推翻绵贯纯夫先生是凶手的说法和我破解密室诡计的理论吧？"

"嗯，多少有一些……"

"既然如此，现在能告诉我们吗？"

"可是……"

"只说一两句就好，请一定要说。"

"不好办哪。"天知提不起兴致，他心中的推理还没有彻底完善，或许没办法进行符合逻辑的解释。关键是要让石户心服口服，为此他必须做好周到的准备。

"请不要这样说，拜托了。"

石户低下头，他执拗地要求天知发言，恐怕自己的判断被评价为幼稚，伤害了他的自尊心。既然他是从容自信的胜利者，就不可能轻易退缩。

石户不像小野里那样会激动，会感情用事，他是冷静的人，已经计算过在此时了解天知昌二郎这个男人的推理能力和洞察力对自己有利。他想测试天知的能力。

"真拿你没办法,那我就问绵贯先生几个问题吧。"

天知站起身,慢条斯理地从座位之间穿过,向绵贯夫妇所在的桌子走去。

妻子澄江面对天知的表情更加紧张,绵贯纯夫的表情反而平静下来。他一想到只有天知一个人否定自己是凶手的说法,是为自己辩护的伙伴,就不由自主地对天知心生好感。

"9 日早上,您是几点起床的?只需要说下床的时间就好。"天知站在桌旁询问绵贯。

"6 点左右吧。"绵贯和妻子四目相对。

"对,我们起床后马上去了阳台,然后泽田小姐几乎同时来到阳台……"澄江看了一眼邻桌的泽田真弓。

"是这样吗?"天知望向泽田真弓。

"嗯,是的,时间应该是 6 点。"泽田真弓抬头用一双大眼睛看着天知。

"然后你们马上回房间了吗?"天知问道。

"我和他们聊了五六分钟就进屋了。不过绵贯先生和夫人之后还在阳台上做了 20 分钟左右体操。"

泽田真弓不愧是前秘书,干净利落地回答出要点。

"后来您又做了什么?"天知再次询问绵贯纯夫。

"这个嘛，我先去洗了把脸，和妻子一起。"绵贯加了一句"和妻子一起"，然后自己露出苦笑。

"是在三楼的盥洗室吧。"

"没错。"

"在盥洗室里碰到其他人了吗?"

"洗完后立刻看到了进藤老师的夫人。"

"后来又做了什么?"

"我回到房间。妻子开始化妆，我坐在阳台的藤椅上一边抽烟一边看风景。"

"大概过了多久呢?"

"30 分钟左右吧。"

"这段时间有人看到吗?"

"嗯，天知先生和您的孩子在阳台吧。"

"没错，时间是 6 点 40 分到 7 点 15 分。"

"后来，我和妻子就到大厅来看电视了，一直看到快 8 点。"

"还有其他人在吧?"

"还是和泽田小姐一起，泽田小姐一直在看电视。"

"之后，我在快 8 点时离开大厅去了餐厅，然后从 8 点开始吃饭。"

"没错。"

"8 点到 9 点，在这里的所有人都能证明你在餐厅。"

天知笑着转身背对绵贯夫妇，望向石户昌也。石户已经笑不出来了，露出一副沉思的表情。他恐怕已经发现自己被抓住了破绽。

"根据我询问的结果，9 日早上 6 点到 9 点，绵贯夫妇并没有离开这栋建筑。有很多证人，所以不会有错。"天知自顾自说着。

"所以他们不是凶手吗?"天知身边的浦上礼美疑惑地问，似乎无法理解。

"没错。"天知没有看浦上礼美，只是重重点了点头。

"为什么呢?"浦上礼美不满地问，因为她是石户的说法的支持者。

"绵贯先生消失的时间只有 9 点到 10 点半之间。"

"可是那段时间不就是关键的不在场证明时间吗?"

"石户的说法同样是以此为依据的，因为绵贯先生没有不在场证明而判断他是凶手。其实这个判断中存在一个重大错误。"

"是吗?"

"石户的说法简简单单地提到绵贯先生把西城夫妇带到

了地下室，但绵贯先生是什么时候与西城夫妇接触的呢？"

"不能是碰巧遇到的吗？"

"有计划的犯罪不可能指望偶然现象。西城夫妇6点起床后马上出门散步了，离开别墅一定会穿鞋，可当时的西城夫妇则穿着拖鞋出了门。也就是说，西城夫妇是在别墅里散步的，四个小时后两人被杀害。"

"在院子里散几个小时的步，不太可能啊。"

"没错，他们应该最多一个小时就结束了散步。其实那天早上，先生和我约好要见面，是先生提出的，他让我在7点半左右去休息室，所以先生应该会在7点半回来。可先生最终没能回来，而且如果西城夫妇在别墅里到处散步，应该会有人远远看到他们，但没有一个人看到过西城夫妇。"

"真奇怪，确实不可思议。"

"这说明西城夫妇完全没有动，一直在同一个地点，而且直到必须回来的时间也没有回来。结合这两个事实想一想，我认为答案只有一个，西城夫妇处于被监禁的状态。"

"是从什么时候开始的呢？"

"应该从7点之前，6点40分左右，两人就被关在了旧燃料仓库的地下室吧。"

"只是监禁，那时两人还没有被杀吧。"

"对，因此从早上6点到9点都没有出过门的绵贯先生不可能是凶手。"

天知直到这时，才低头看了看浦上礼美。浦上礼美无声地拍了拍手表示认可。不愧是轻率又没有节操的女人，很快就不再支持石户的说法。

"可是天知先生，这样一来就没有凶手了吧。"石户医生终于开口。

"会有不存在凶手的杀人案吗？"天知随后理了理头发。

"把西城夫妇关进旧燃料仓库的不在场证明，还有杀害西城夫妇的不在场证明，不存在两段时间的不在场证明都没有的人吧？"石户医生的语气中带着几分抗议。

"所有人都有不在场证明，而凶手为什么要在早上7点前就把西城夫妇监禁在犯罪现场，却直到10点都没有杀害他们呢？我认为在这两点中，隐藏着解开凶手巧妙的密室诡计的钥匙。"天知说道。周围的人沉默地注视着他，富士子也看着天知。富士子有些担心，天知明确说出要在明天解开谜团，真的没关系吗？

天知昌二郎面无表情。

# 第四章　真凶

*1*

天知等到傍晚6点30分，田部井主编依然没有消息，估计调查很费工夫吧。

要在短时间内调查出结果，或许是天知的要求太强人所难。

天知放弃等待打算出门，去小诸市里一座名为一方寺的寺庙。晚上6点30分，五辆租来的车到达别墅，所有人都要前往一方寺。从晚上7点开始举行三小时形式上的守夜仪式。

春彦和皋月并排坐在第一辆车的副驾驶上，富士子和石户昌也坐在后排。富士子心里大概想和天知坐在一起，但石户先一步坐在了她身边。

石户医生或许已经把自己当成富士子的未婚夫了，所以理所当然地与富士子坐上了同一辆车。只是富士子也没有理由阻止石户医生。

下一辆车上坐着天知、小野里实和泽田真弓。小野里律师坐在副驾，天知和泽田真弓坐在后排。第三辆车上是大河内教授夫妇和浦上礼美，第四辆车上是进藤副教授和前田秀次，第五辆车上坐着绵贯夫妇。

五辆车排成一列，沿着国道18号线向西开，车队后面跟着长野县警察的巡逻车，警察监视着众人，以防他们开往一方寺之外的地方。

长野县警和轻井泽警察局似乎尚未确定这起案件是他杀还是自杀。根据门口的警察告诉管理员内海的内容，长野县警请警视厅协助，把搜查的重点放在了东京。

聚在别墅的客人都是东京人，就算想要暗中调查杀人动机，也只能在东京进行。在搜查结果出来之前，别墅里的客人都不能解除禁足。

天知坐在租来的车里一言不发，因为小野里一直保持沉默。他似乎不太高兴，不知是因为焦躁还是忐忑，始终在叹气。

　　小野里盯着前面的车，特别在意同乘的富士子和石户，他主动选择坐在副驾驶，也是为了观察前面的车。

　　尽管石户推翻了小野里的说法，但他也尚未成为真正的胜利者。天知提出了异议，明天才会有结论。尽管如此，石户却摆出未婚夫的姿态和富士子同乘一辆车。

　　这让小野里悔恨不已。富士子也是如此这般，难道不应该和石户保持距离吗？可后排的富士子和石户的背影却坐在座位中间，紧紧贴在一起。

　　两人偶尔会露出侧脸，似乎在面对面交谈。富士子听着石户的话重重点头，有时还会露出笑容，似乎对他的话深以为然。

　　总之，小野里实因为两人看起来关系很好而嫉妒万分。吃醋郁闷的他让人觉得悲哀，天知甚至想告诉他其实富士子讨厌石户。

　　晚上7点，众人到达一方寺。一方寺位于小诸市东北方的郊外，靠近浅间山。祭坛设在正殿，遗照中的西城夫妇在灿烂的花丛中微笑，不过守夜的客人只有15人。

　　这是只有相关人员参加的形式上的守夜，告别仪式暂定于火化后在东京的青山斋场举行。

三名僧人一直在念经，15 名客人不断上香。哭得最厉害的人是泽田真弓，富士子也用手帕捂住眼睛。皋月似乎不太理解父母死亡的意义，只是愁眉苦脸地站在春彦身边。

晚上 10 点，众人离开一方寺。15 个人再次分开乘坐 5 辆车，和跟在车队后面的巡逻车一起回到轻井泽的别墅里。回程时，和富士子同车的依然是石户医生。

一到别墅，天知就询问管理员的妻子和用人是否接到了电话，可他得到的答案是没有人打来电话。看来田部井要到明天才会联系他了。

吃过迟来的晚饭后，所有人在晚上 12 点前纷纷回到房间。春彦和皋月没有吃晚饭，回到别墅后就睡着了，这让天知和富士子得到了自由时间。

在餐厅，天知从富士子手中接过果盘和一张纸。回到三楼的房间后，天知打开那张纸，上面写着"凌晨 1 点，我在二楼东头房间等你"。

二楼东头的房间是富士子的卧室，富士子邀请天知去她的卧室，平时她都和皋月一起睡在那间卧室里。

可是今天晚上，富士子在玄关处，把在回程的车里睡着的皋月托付给了管理员的妻子。当时，富士子拜托管理员的妻子乙江今天晚上照顾皋月。

　　乙江听到可以和皋月一起睡，开心地接受了委托。管理员夫妇没有孩子，所以能照顾皋月一个晚上，或许让她很开心吧。

　　富士子这样做恐怕是为了邀请天知去卧室，主动邀请天知来到自己的卧室，也表明了富士子的决心。天知再次深刻地感受到富士子是认真的。

　　凌晨1点，天知离开三楼的房间。他来到二楼后径直走向走廊的尽头，他知道二楼只有富士子在，却依然放轻了脚步。

　　天知小心翼翼地敲了敲走廊尽头的房门。门很快就开了，里面的人似乎已经迫不及待。富士子穿着白色睡袍，不好意思地低着头。天知钻进卧室后，富士子关上门锁好。

　　化妆间和淋浴间的后面还有一扇门，门里是卧室。天知进入卧室后吃了一惊，因为房间里堆满了鲜花。

　　那情景仿佛是买下了花店里的所有鲜花，房间里根本放不下，从床的周围到房间的整个地板都铺满了花，简直像一片花海。

　　山百合、卷丹花、金鱼草、龙胆、大丽花、木槿、黄花龙芽、大花美人蕉、芙蓉、菊花、白玫瑰、红玫瑰，还有小向日葵等鲜艳的花朵，房间中弥漫着各种花香。

"是从两家花店用小型卡车运来的。"富士子满意地看着房间里的花海。

"什么时候送到的?"天知问道。

"我们去一方寺的时候。"富士子靠在天知身上。

"可是把花搬进这间房子的用人不会觉得奇怪吗?"天知搂住富士子的肩膀。

"没事的,她很清楚这是我唯一的爱好。我会买下花店里所有的花,虽然每年只有一次而已。"

"这样啊。"

"然后,我刚才花一个小时的时间完成了这块花地毯。"

"有什么含义吗?"

"在花海中相爱是非常美好的啊。我想和你一起陷入花海中。"

"浪漫得近乎悲伤了吧?"

"我想让你彻底沉醉在浪漫的情绪中,和我激情相爱,忘记白天的那件事。"

"那件事……"

"我过去的恋人是谁。"

"那件事啊,我完全不介意,因为你之前已经告诉过我了。"

"可是知道对方是谁，还是会让你感到惊讶吧。"

"不，我已经猜到或许是他了。"

"要忘记哦。"

"我相信你现在爱着的人不是他。"

"是啊，我爱的是你，而且过去的恋情完全无法与现在相比。"富士子绕到天知面前，与他相对而立。

"对我来说，如此充满激情的爱情还是第一次。"

天知拉过富士子，他说的话是真的。他和病逝的妻子并非恋爱结婚，而且自认为自己不属于会陶醉在爱情中的性格。

"我好开心。"富士子用甜美的声音说。

两人接吻了。在激烈又漫长的吻结束后，天知和富士子依然拥抱着彼此，久久没有分开。富士子的身上有香皂的香味，是刚刚洗完澡的味道，看来她已经冲过澡了。

"我也想冲个澡。"天知说道。

"请……"

富士子带天知走向淋浴间。天知从富士子手中接过一条新浴巾，走进淋浴间，然后脱光衣物开始淋浴。

反正之后要上床，再穿上衣服就太刻意了，于是天知在腰间围了一条浴巾就回到卧室。卧室里灯光昏暗，只开着一盏床头灯，其他灯全都关掉了。

天知走过花海中留下的小路来到床边。卧室里是一张双人床，床单、枕套和被罩一定都是新的，这是富士子认真考虑过的，为了强调这张床不是皋月平时睡的那一张。

富士子已经躺在床上，只从被子里露出头来。天知掀开被子躺在她身边，富士子穿着一件纯白色的睡袍，两人激烈地拥抱在一起。

天知一边与富士子接吻一边动手脱掉她的睡袍，在他解开胸前的所有扣子之后，富士子把胳膊从睡袍的袖子里抽了出来。睡袍下的富士子一丝不挂，毫无保留地露出整个身体。

天知摘掉了腰间的浴巾，两人赤裸着身体再次拥抱。富士子的裸体仿佛凝聚了女性身体的全部魅力。

"这样的事情，是我第一次做。"富士子呢喃着，仿佛已经神志不清，她的意思是第一次全身赤裸着被男人拥抱。

天知开始爱抚富士子。

"陪我到天亮吧，我想在你的臂弯中睡去。"

富士子激烈地喘息着，气息不稳，声调忽高忽低，随着前戏不断进展，声调的起伏越来越剧烈，最后，富士子的口中只能发出甜蜜的叫声。

"今天晚上是真正的初夜！我好幸福，简直要失去神志了！我爱你！"最后，富士子尖叫着哭了出来。

"好厉害。"天知在触及富士子身体的同时说道。

"真的,我好开心!"

富士子挺起身子,再次呜咽着说道。

两人在花海中交欢,富士子把一切赌在了天知身上。因为两人爱得如此热烈,所以绝对不能投降。天知再次下定决心,明天无论如何都要打败石户昌也。

凌晨 4 点,天知和富士子进入梦乡。天知在一个小时后醒来,富士子依然睡得很熟,仿佛已经死去。天知悄悄下床,去化妆间穿好衣服。

春彦就算看不到父亲,也不会四处寻找、大惊小怪,但是天知害怕别墅的客人们起床后看到自己,所以离开了富士子的卧室。

天知回到三楼的房间。现在才凌晨 5 点,似乎没有人起床,春彦也依然在睡。天知躺在床上,身体确实很疲惫,他已经连续两个晚上睡眠不足了。

不过天知睡不着,而是迷迷糊糊地陷入沉思。今天早上,他将开始提出合理证明,只是他并没有自信。他既不知道凶手是谁,也没有解开密室之谜。

况且由于没有收到田部井主编的报告,天知现在正处于孤立无援的状态。他看着眼前的墙壁开始整理思路。首先,他要总结石户和小野里的说法。

一小时三十分钟之后，春彦起床去上洗手间。

天知看了一眼时钟，就在他看到现在是上午 6 点 30 分时，房门被粗暴地推开了。春彦面色苍白地指向走廊左边，似乎因为惊讶过头而说不出话来。

"糟了！着火了！"春彦大喊。

天知起身冲出房间。

他站在走廊上，看到楼梯对面的走廊尽头黑烟弥漫。天知一口气跑到走廊尽头，然后左转冲进烟雾中，前面有一间房间。

那是天知和富士子初次结合的房间，昨天晚上睡在这里的人应该是石户昌也。

半开的房门里冒出黑烟，里面能看到红色的火焰。天知冲了进去，他用力推开门冲进房间，布置成会客室的小房间后面是化妆间，卧室门在化妆间左侧。

会客室里有沙发和桌子，周围的墙壁被从天花板垂到地板的窗帘遮住。两面墙壁上的窗帘熊熊燃烧，通往卧室的门开着，但是烟雾和火焰挡住了入口。

火烧到了卧室一面墙上的窗帘。

天知冲过去扯下墙上的窗帘。窗帘落在地板上，天知推倒桌子压住火舌，桌面压灭了火焰。一个男人不知何时递过灭火器。那个男人也扯下窗帘，用西装外套拍打燃烧的火焰，是小野里。小野里律师穿着西装，似乎是起床后跟着天知冲进来的。

天知进入卧室用同样的方法灭火。石户医生不在床上，南侧的玻璃窗开着，外面的阳台上站着一个小小的人影。

是皋月。

皋月脸色苍白，缩成一团。明明火已经熄灭，皋月却没有进屋的意思。她没有哭，但表情僵硬，恐怕是陷入了混乱状态，甚至忘记了哭泣吧。她一定很害怕，被火焰和烟雾挡住，无法逃出卧室。只有南侧是玻璃窗，外面就是阳台，皋月当然会逃到阳台上。

可是如果遇到真正的火灾就无济于事了。只有这间房子位置独立，阳台也无法通往任何地方，要想逃出小小的阳台，除了跳下去之外别无他法。因为这是一栋天花板很高的传统洋馆，所以三楼到地面的距离很远。况且阳台下面是铺着红砖的露台，跳下去不死恐怕就是奇迹了。

房间外面开始吵闹，大家都聚过来了。有人换好了衣服，也有人穿着睡袍，都纷纷进入房间，每个人的表情上都带着疑惑和不安。

"和昨天早上完全一样啊。"

"这样一来，已经完全不是恶作剧了啊。"

"是有计划的纵火，目标就是石户。"

"可是点燃窗帘没办法引起火灾吧。这里和廉价木质结构的建筑不同，房间里没有其他易燃物。"

"最多是一场小火灾。"

"靠一场小火灾惊扰大家，完全没有意义。"

"真让人不舒服。"

富士子和石户医生推开七嘴八舌的众人走进卧室。石户医生穿着西装，富士子虽然没有化妆，不过已经换上了白色套装。富士子冲到阳台上的皋月身边，一言不发紧紧地抱住那具小小的身体。石户用愤怒的眼神扫视众人。

"看来有人两次看准我的房间进行了纵火，究竟有什么目的啊！"冷静的石户难得用上了激动的语气。

"目的似乎是让石户意外死亡啊。"

天知调查过阳台的木质扶手后，起身转向石户医生。

站在墙边的男男女女和石户都目瞪口呆地闭上了嘴。

富士子抱着皋月走出了房间。

## *2*

小阳台的三面围着木栅栏。扶手上的油漆剥落了，而且损坏严重。正面与左右两侧的扶手连接面损坏分离，而且埋在水泥中的两根柱子的一根已经抬起，另一根柱子的底部也没有固定在水泥中。

如果完全不承重，扶手就不会脱落。但是当人靠在扶手上时，身体一定会向外倾斜。这股势头会导致身体失去稳定，向地面坠落，也有可能和扶手一起掉下去。

无论如何，阳台的木栅栏都派不上用场。扶手的柱子上并没有被锯过的痕迹，因此不能断定是他杀。即使放着危险的扶手不管，确实有人要为此负责，但由于这里是私人住宅，所以无从问罪。

坠落的人会被当成意外死亡处理，这一定就是纵火犯的目的。犯人的目的不是纵火本身，卧室里的人既然无法从房门离开，就只能逃向阳台。

房间里只有南侧阳台，所以卧室里的人只能逃向唯一的阳台。如果石户跑到阳台，从木栅栏上探出身子呼救，或者靠在扶手上逃离火焰和烟雾的话，下个瞬间恐怕就会坠地而亡。

纵火是为了让石户逃向阳台，将他逼向意外死亡的结局。

天知一边解释，一边摇晃正面的木栅栏给大家展示。扶手向前后剧烈摇晃。天知稍微用了一些力气，一根柱子就被拔出，扶手悬在空中将掉未掉。

"幸好我没在房间里，所以犯人的计划没能成功，可是皋月差点成为我的替身。究竟是谁，为什么想让我死?"

石户昌也一一扫过站在墙边的人们的表情，他冷静了一些，但目光依然锐利。站在墙边的人们纷纷摇头或者移开目光。

别墅的客人中有好几个人对石户抱有反感，甚至恨着他，排在首位的就是他的竞争对手小野里实。石户不仅迫使小野里实陷入完败的境地，还在往返于一方寺的路上和富士子举止亲密，并且被小野里看在眼里。前天夜里，小野里还自言自语地说要杀掉这个庸医。

昨天白天，被石户曝光私人秘密，不得不忍耐内心的伤痛与屈辱的大河内夫妇和进藤夫妇同样讨厌石户，除此之外还有因为石户而被在座的人们当成凶手的绵贯纯夫和他的妻子澄江。

"石户先生，你为什么没在房间里呢?"进藤副教授双手插在睡袍口袋里问道。

"我在 6 点离开房间去了一层大厅外的露台。"石户医生冷冷地说。

"你有必须这样做的理由吗?"进藤副教授脸上浮现出一抹笑容,完全感觉不到他对生命受到威胁的石户有任何一丝同情。

"我和富士子小姐约好在露台见面,商量我要以什么身份参加将在东京青山斋场举办的告别仪式。"

石户医生的态度和表情上清楚地写着自己已经是西城家的重要人物。

"关于这一点,石户先生说得没错。"

卧室入口处传来清脆的声音,是独自返回的富士子,她表情紧张地站在门口。

"皋月没事吧?"石户医生摆出一副诚恳的表情担心地问。

"不用担心,皋月太激动,身体也累坏了,所以我先让她睡下了。"富士子走到石户身边,看着阳台上的天知。

"总之先叫警察吧,把门口的警察带过来就可以吧?"大河内教授大声说道。

"是啊,已经是第二次了,不能放任不管。"大河内夫人环顾众人。

墙边立刻骚动了起来。除了小野里律师，所有人都在说话，赞成与反对的意见此起彼伏，一片混乱。

"我反对。"

"和昨天早上一样，这次也应该不予追究。"

"可是两次发生危险后就不能当作什么都没发生了吧，这是犯罪，我们有义务通报给警察吧?"

"我可不想被警察加深怀疑，受到更多约束。告诉警察会给无关人员添麻烦吧?"

"可要是运气不好的话，皋月会没命的，不能这样下去了。"

"既然她最后没事，就不要把事情闹大。"

"把事情闹大说不定会上报纸。"

"我绝对不要。"

"听说警察都去东京调查我们周边的情况了，要是警察听到这里又有纵火事件的话，我们肯定没办法获得自由了。"

"要是犯人能出来自首就好了。"

经过一番讨论，所有人都闭上了嘴。反对派占绝大多数，赞成派只能保持沉默，四周突然陷入了寂静。

"在此阶段，我也反对交给警察处理。"富士子转过身说道。

"为什么?"石户医生不服气地询问。他是受害者,恐怕无法接受富士子这种似乎在庇护犯人的说法。

"刚才,皋月告诉了我一个人的名字,但那是小孩子的话,而且没有确凿的证据。如果把事情向警察全盘托出,恐怕会损害那个人的名誉。"富士子低头紧咬下嘴唇,嘴唇甚至都发白了。

"今天早上起床后,皋月采取了什么行动呢?"进藤副教授叼着一支没有点燃的雪茄。

"昨天晚上,我把皋月托付给乙江照顾,今天早上6点去接她,但是我们俩回到主屋后就分开了。皋月已经醒来了,不可能停在一个地方不动。跑到什么地方去玩都很正常,所以我没有在意,回到了二楼自己的房间。淋浴更衣后就去石户先生等待的露台,所以我们约好的时间推迟到了6点半。"富士子眼神真诚地解释,不希望被大家误解。

"就是说富士子小姐不知道皋月回到主屋后的行动。"进藤副教授说道。

"对,不过刚才皋月告诉了我,还说出了某个人的名字。"富士子眼神中带着抗议,望向小野里律师的脸。

所有人的目光都集中在小野里身上,他满脸通红,然后脸上又立刻失去了血色。

"没……没错，皋月来了我的房间。"小野里略显狼狈地说。

"皋月为什么要去你的房间呢?"富士子面无表情地追问。

"这种事我可不知道，是皋月从那边走过来敲门的。总之，我打开门让皋月进了屋。"

"我听说后来，皋月和小野里先生聊了聊。"

"嗯，5分钟左右吧。"

"当时，皋月说了要去妈妈身边吧。"

"是的。"

"所以，你……"

"我问了她妈妈在哪里，然后皋月告诉我她不知道，还说可能在走廊尽头的房间，要去看一看。"

"皋月为什么会认为我有可能在那个房间里呢?"

"我不知道，可能是孩子的突发奇想，或者心血来潮吧。"

"当时你说了什么?"

"我说那就去房间里看看吧。"

"于是皋月离开了小野里先生的房间，去了走廊尽头的房间。"

"好像是这样。"

"和皋月的话基本一致。可是,小野里先生那时为什么没有阻止皋月呢?"

"阻止?"

"这是常识吧。"

"可是……"

"我认为作为成年人,应该提醒孩子不要偷看客人的房间才对。可小野里先生正好相反,竟然怂恿皋月去偷看客人的房间。"

"怂恿?我没有这个意思。"

"那你为什么要让皋月来看这间房间呢?"

"这个……"

"请你说清楚。"

"其实没什么具体的理由和目的。"

"难道不是因为你自己也对这间房间感兴趣吗?"

"我确实也有这种念头,然后就顺势说出让皋月来这里看看了。"

"你为什么要让皋月来探查这间房间呢?"

"因为我想知道富士子小姐在不在这里。"

"可是从昨天开始,这里就是石户先生的房间了啊。"

"正因为如此，我才觉得你可能在这里……"

"为什么我会在这间房间呢？"

"因为我看见昨天晚上 12 点左右，你进了这间房间。所以我今天早上一直在担心你是不是在这间房间里过夜。"

"这是对我的侮辱。"

"你和石户的婚事已经八九不离十了，而且往返一方寺的路上，我觉得你和他又亲密了不少。"

"你认为我会因为这样就在石户先生的房间里过夜，是那种廉价轻浮、对男性饥渴的女人嘛。"

"从感情出发，我不得不这样想啊。请你考虑一下我的立场。嫉妒和怀疑是两面一体的，我不可能不在意将我逼到绝路的男人。"

"所以纵火的人也是你吗？"

"不要开玩笑。皋月迟迟没有回来，我也很担心，就来到了走廊上。结果看到走廊尽头冒出浓烟，还看到天知先生在烟雾里。我吃了一惊，赶紧冲过去帮忙灭火，仅此而已。"

"你的回答很诚实。"

"请你听好了，富士子小姐。我还没有确认你和石户是不是在这间房间里，只知道皋月在这里。你觉得哪怕是这样，我还是会纵火吗？"小野里苍白的脸上再次泛起红潮，或许是因为情绪激动。

天知觉得小野里说得没错。如果他是纵火犯，首先应该要确认房间里只有石户一个人，因为他的目的是逼死石户。

他没有杀皋月的动机，更不用说他一定会避免富士子被卷进来。

小野里只知道皋月在这间房间里，不会突然纵火。

纵火犯另有其人。

做出判断后，天知故意保持沉默。他背对房间里的人们，独自站在阳台上，在万里无云的蓝天下眺望小浅间妩媚的景色。

轻井泽的清晨天朗气清。

人们纷纷来到轻井泽，享受这份晨间的舒适。今天，他们应该会度过清爽的一天，享受散步、骑行、骑马、打网球、游泳的乐趣吧。

在如此明丽的轻井泽，只有这栋别墅是另一个世界。死亡与恐惧、怀疑与不安、背叛与虚伪卷起黏稠的旋涡，阴谋和算计遮天蔽日，描绘出阴险而悲哀的人性。

天知一边眺望美丽的蓝天，一边体会憧憬遥远且未知的世界时的感伤情绪。与此同时，他的心中有一个空洞，他现在发现了一个重大的疑问。

"一起来吗？"石户对小野里问道。

"可以。"小野里表情严肃地回答。

石户和小野里离开房间，其他人也带着无法忍受的表情鱼贯而出。富士子跟在众人身后，只有天知留在了阳台上。

不一会儿，石户和小野里出现在天知的视线中，两人开始在草地上打架，大概是由于没有商量出结果，于是两个情敌希望靠力气一决胜负。

然而两人似乎都不习惯打架，有些退缩，没有尽情施展拳脚。两人的拳头总是打不到对方，只是一直空挥。而且他们完全不讲究步法，还会自己绊倒自己，所以场面愈加荒唐。

天知所在的阳台左边间隔一段距离后，是一个三楼客房共用的长阳台。别墅的客人们并排站在阳台上观赏地面上的决斗，每个人的脸上都带着轻蔑的笑容。

所有人都抛弃了社会地位、名誉和职业。仿佛凑在一起滚作一团的不是医生也不是律师，愉快起哄的也不是大学教授和副教授。

天知昌二郎面无表情地俯视着地面上的那场缠斗。

"亲爱的……"身后传来一个温柔的女声。

天知回过头，富士子站在床尾看着自己，眼神中带着亲密关系过后的余韵。天知回到房间里。

"田部井先生来电话了，转接到这里了。"富士子指向墙边的装饰架。只有这间房间里放着一台电话分机，其他客房都没有。

"谢谢……"天知和富士子一起来到装饰架上的电话旁。天知搂住富士子的腰，富士子握住天知的手，她不好意思地笑了笑，逃走似的离开房间。

天知拿起听筒，刚按下闪烁着绿色提示灯的按钮就说："援军终于到了。"

"啊呀，我可费了大劲，现在也是从公司里给你打的电话。"田部井主编的语气开朗，但声音由于疲惫而沙哑。

"你没有回家吗?"

"熬了一晚上，昨天傍晚之前根本不可能完成。我估计今天要花一天时间才能得到完整的调查结果，但是不想让阿天你被逼到绝境，所以先把已经整理好的内容告诉你。"

"抱歉。"

"你好像没什么精神啊。"

"应该是连续几天睡眠不足的缘故。"

"那我就速战速决。首先是以六年前的5月为中心，西城富士子的工作情况，工作强度相当大。3月和4月她一直有电影拍摄工作，去北海道和香港出外景，5月住在京都，6月往返于东京和长崎。到了 7 月，在东京、能登半岛和山阴地区来回飞。"

"完全没有住过院的痕迹啊。"

"别说住院了，连生病的时间都没有，毕竟从 3 月到 7 月只有 5 天休息。"

"这样啊。"天知叹了一口气。

"我终于知道阿天的真实想法了，知道你为什么要调查这些。"田部井的声音中带着笑意。

"你把六年前的 5 月和住院结合起来了吧。"

"没错，阿天你是不是怀疑皋月是西城富士子的孩子？"

"你猜的没错。"

"你的怀疑应该打消了。无论是挺着大肚子拍电影，在怀孕时进行如此高强度的工作，还是不住院就生孩子都是不可能的事情。"

"我已经不怀疑了。仔细想想，西城夫人生孩子的全权负责人是东都学院大学医学院妇产科的大河内教授，再也没有比他更可靠的证人了。"

"然后是下一件事。关于西城富士子的亲生父母，有个小问题。"

"什么问题？"

"西城丰士不是收养了那个意外死亡的朋友的女儿吗?"

"没错。"

"当时西城丰士 41 岁,若子夫人 35 岁,富士子 8 岁,她的亲生父亲细井直人 39 岁,母亲真理子 32 岁。但细井直人并非意外死亡。"

"不是意外死亡?"

"细井直人住在住宅区,是半夜从 6 楼的房间窗户坠楼死亡的,定性为意外未免太过特殊。况且细井直人前一天刚刚家暴了妻子真理子,打伤了她。他的妻子真理子忍受了一个小时的踢打,后来逃回了娘家。虽然警察一开始认为细井直人是自杀,但是并没有发现遗书,而且细井直人当时喝得酩酊大醉。8 岁的富士子睡着了,什么都不知道,最终警察按照事故处理,判断细井直人喝醉后坠楼死亡。"

"富士子的亲生母亲真理子后来怎么样了?"

"丈夫细井直人的死让她深受打击,听说真理子的精神崩溃了,在一周里没见任何人,而且不吃不喝。后来,她开始说胡话,说丈夫是自己杀死的。"

"那只是她在说胡话,不是事实吧。"

"不是事实,真理子的意思是,她丈夫会死都是因为她。"

"无论如何，她的精神出现了异常吧?"

"对。西城教授收养富士子为养女后，还把真理子送进了长野县志贺高原的一家精神病专科医院。"

"西城教授做了不少好事啊。"

"是啊，之后的十五年，真理子一直在志贺高原的医院里度过。"

"有十五年之久啊。"

"其间的住院费和其他一切费用都是西城教授出的，这不是一桩美谈吗?"

"十五年啊，就连血亲都没办法轻易做到吧。"

"四年前，真理子回归社会，后来一直住在千叶县松户市某家公司的特别住宅里，也是西城教授安排的。大阪总公司的董事去千叶的时候会住在那间高级住宅，真理子就在那里工作。不过董事每个月才去一次，而且只住两三个晚上，她需要做的只是做做饭、烧烧洗澡水、铺铺床而已。然后就是接电话、打扫卫生，心不在焉地看家。"

"也就是说，真理子已经恢复到可以顺利完成这种低强度工作的程度了吗?"

"她已经和普通人没有区别，完全正常了。可是她的感情就像已经死去了一样，完全感受不到她自己的想法和欲望。

她沉稳安静，只在必要的时候开口，死气沉沉的。"

"就是一个废人吧。"

"或许是吧。"

"不过她的一生真是可怜啊。在医院生活了十五年，出院后依然和废人无异，而且真理子已经 51 岁了。"

"就是这里，你不觉得有些奇怪吗？"

"奇怪？"

"你不觉得西城教授做的善事太多了吗？"

"觉得。"

"西城教授和细井直人是好朋友，他的朋友细井直人死于非命，不知道是自杀还是意外。西城教授收养好友的遗孤作为自己的养女，还把好友因为受到打击而精神失常的遗孀送进医院，照顾了十五年。就连那位遗孀出院后，还在照顾人家的生活。西城教授为什么必须为细井直人的妻子做到这个地步呢？"

"你想说其中有原因吗？"

"西城教授是不是必须这样做呢？也就是说，西城教授是不是觉得自己要对细井直人的死负一定责任呢？"

"细井直人的死和西城教授有间接关系吗？"

"还有一点，丈夫的死为什么会让真理子受到那么大的打击，甚至成为废人呢？她忍不住责备自己，认为是自己杀死了丈夫，是因为她做出过什么样的行为吗？"

"我觉得如果西城教授和真理子有婚外情，那么一切谜题都能解开了。"

"不愧是阿天。"

"果然如此吗？"

"西城教授受女性欢迎，而且听说他是个花花公子。"

"这一点若子夫人也承认。"

"若子夫人同意西城教授收养富士子，并且照顾真理子。也就是说，若子夫人什么都知道，却依然为了蒙骗世人，不惜帮助西城教授。"

"考虑到西城家的名誉和脸面，若子夫人也赞成把这件事伪装成一种美谈和善行吧。"

"如果西城教授和真理子有婚外情，细井直人正是知道了这一点才发生悲剧的话，真理子因为自责和打击精神失常就不足为奇了。"

"真理子说是自己杀了丈夫，也可以理解为这一层含义。"

"西城教授同样觉得自己有责任，又不想让别人知道悲剧的起因，所以收养了富士子，并且在真理子住院和出院后的十九年中，一直保证她能正常生活。"

"你从真理子嘴里问出了这么多事情吗？"

"不，我整理了真理子碎片式的回忆，多少加了一些推理。"

"不能说是事实啊。"

"我认为接近事实，不过欠缺了真理子不想说的部分和有意隐瞒的片段。要是能问出来的话，应该能组成完整的事实。"

"可是既然真理子不说，我们就没办法了吧。"

"还有一个人知道详细经过。"

"谁？"

"真理子的亲哥哥。四年前真理子出院的时候，这位哥哥来长野县接妹妹，她一定把真相告诉了哥哥。"

"你知道这位亲哥哥现在在哪里，在做什么吧？"

"知道，不过与其由我向他提出采访请求，由你来见他要简单得多。"

"这又是为什么呢？"

"因为真理子的亲哥哥就在你身边。"

"真的吗？"

"真理子已经改回旧姓，她的旧姓是内海，你想到什么了吗?"

"内海……"

天知握紧电话听筒。他眼前浮现出肤色黝黑、老实忠厚的管理员夫妇的面孔。内海良平和乙江。天知不愿意相信田部井主编的话。

那位名叫内海的管理员是富士子亲生母亲的哥哥，这种人员配置未免太规整了。内海良平是富士子的舅舅，可是富士子并没有提起过，而且两人的关系看起来也不像舅舅和外甥女。

内海良平是典型的别墅管理员，他和妻子乙江确实是忠实的用人。无论是说话方式还是态度，一眼就能看出富士子是把内海良平和乙江当成别墅的管理员夫妇对待的。内海夫妇也把富士子称作小姐。

"别墅管理员是内海良平吧。"电话里传来田部井翻动纸张的声音。

"可是我不觉得那位管理员和西城富士子有血缘关系。她不知道内海良平是她的舅舅吗?"天知说。

"不，她应该知道，不过雇用内海夫妇做西城家别墅的管理员有条件：第一，把自己彻底当成别墅管理员；第二，装成陌生人。"

"为什么必须加上这些条件呢?"

"内海良平有欺诈的前科。"

"啊?"

"十年前,内海良平第二次服刑期满出狱,西城教授收留了他。西城教授又因为他是真理子的哥哥,做了一件善事。"

"收留他们夫妇,让他们做别墅管理员,保证两人的吃住吗?"天知终于有些相信田部井的话了。

"没错。"田部井深呼一口气,似乎是累了。

根据田部井的简要说明,内海良平刚出狱时无法维持生计,做住家保姆养活自己的妻子乙江也没有能力养活丈夫。

没有工作,没有房子,因为有两次欺诈的前科,旧识们也不理睬内海良平。尽管他想认真工作,可是现实却没有给他留下任何出路。

就在这时,伸出援手的人是西城教授。西城教授让内海夫妇来到轻井泽管理别墅。谈妥后,西城教授向夫妻俩提出了两个条件。

第一,如果他们仗着亲戚的身份恃宠而骄就麻烦了,所以要做真正的别墅管理员,做忠实的用人。第二,为了不让别人知道西城家养女的舅舅是有两次前科的罪犯,夫妻俩要装成陌生人，和西城家只有单纯的雇佣关系。

内海夫妇答应了西城教授的条件，并且超出预期地忠实履行了条件。内海良平就像变了一个人一样认真，就这样平安无事地过了十年。因为这一内情，夫妇俩看起来只是西城家雇佣的陌生人。

"对内海良平来说，西城教授是恩人，他一定心怀感激吧。"田部井说着，止住了一个哈欠。

"嗯。"

天知想起了内海夫妇的话，他们说自己以轻井泽的四季为友，亲近自然，把皮肤晒得黝黑，不想去其他任何地方。内海夫妇也是抛弃了过去的人吧。

"可是得知真相时，内海良平对西城教授的印象应该彻底改变了。因为他发现毁掉妹妹半辈子的真凶其实是西城教授。"

"我先问问内海良平吧。"

"现在的调查结果就是这么多。"

"你真是帮了大忙，和平时一样，我很感谢你。"

"总之让我先睡两三个小时吧。"

"你快去睡吧。"

"再联系。"田部井主编动作粗鲁地挂掉了电话。

天知依然站在原地，抱着双臂凝视刚刚放下的听筒。他回想着沉默寡言、有些阴沉的内海良平，打算之后立刻去见他。

电话打了很久，他必须立刻行动。现在是 7 点 30 分。富士子敲门后走进房间，天知张开双臂，富士子跑过来靠在他怀中。天知紧紧抱住她，因为力气太大，甚至让富士子发出了一声呻吟。

"我想就这样和你一起消失，在只有两个人的世界中相爱。"富士子气息不稳地说道。

天知粗暴地吻上了她的嘴唇，不让她继续说话。两人疯狂地扭动身子，用双手确认对方的存在，这个吻激烈得近乎悲伤。

### 3

上午 9 点，13 个人都出现在沙龙风格的大厅。今天完全没有准备酒精类饮料，每张桌子上都只放着果汁，似乎是自然而然的结果。

也没有人要酒精类饮料，一是因为大家已经厌倦了一大早就喝酒，而且今天就要做出"最终审判"，众人心中都充满了期待和紧张。

大家要认真听天知昌二郎说话。下达最终判决时会发生悲剧，这种时候可不能喝醉。所有人都带着严肃的心情，大厅里完全没有看热闹的气氛，从一开始就像法庭一样鸦雀无声。

因为天知说了自己想边走边说，所以桌椅的摆放方式和今天早上不同。每三张桌子一组并排放置，一组靠墙，另一组则靠着面向露台的玻璃窗。

靠墙的三张桌子边坐着大河内夫妇、前田秀次和浦上礼美、石户医生和富士子，另一边靠玻璃窗的桌子旁坐着小野里律师和泽田真弓、进藤夫妇以及绵贯夫妇。

大家本以为小野里不会出现，没想到他是第一个坐下的人。只是刚刚打过一架的小野里和石户离得远远的，就像一对不共戴天的仇人。

今天负责看管春彦和皋月的人是内海乙江。

天知没有站在壁炉台前，而是站在宽敞的房间中央。那里放着一张桌子，桌上有水、杯子和掰成小块的巧克力。不过，没有椅子。

"我开始了。"天知平静的话语打破了寂静。

"接下来继续由我负责提问。"石户医生坐在椅子上说道，他已经恢复了冷静。

"请随意……"天知的表情毫无波澜。

"昨天在楼梯上，你只说了早上 6 点到 9 点有不在场证明的人不是凶手，并没有多说具体的意见。那么今天怎么样了呢？"石户露出挑衅的眼神发问。

"具体情况我已经研究得差不多了。"天知没有笑，随意拨了拨头发。

"是吗？那么请你快说说看吧。"

"密室诡计并非凶手用绳子从天窗逃出那么幼稚。"

"你有什么具体的依据，能够否定我提出的事先准备绳子的方法吗？"

"有 5 个。第一，如果把从天窗扔进地下室的绳子的一头绑在落叶松上，那么就算本人不愿意，也会被路过的人看到。要是西城夫妇看到了绳子，一定会觉得奇怪，不会老老实实地跟着凶手来到地下室。"

"嗯，有道理。"

"第二，就算两人进入地下室后再看到垂下的绳子也一样，西城夫妇应该会感到有危险，试图逃走。"

"嗯。"

"第三，系过绳子的落叶松上会留下相应的痕迹。落叶松要支撑一个人垂下的重量，所以树干表面应该会有擦痕。
然而警方鉴定的结果是，附近的所有树木上都没有留下任何
伤痕。"

"原来如此。"

"第四，天窗同样如此。如果支撑过一个人的重量，天
窗边缘就会留下绳子摩擦的痕迹。但众所周知，天窗边缘没
有发现任何异常。"

"确实如此。"

"接下来是第五，要想爬上垂下的绳子并不像嘴上说说
那么简单。必须光脚，如果只靠手臂，则需要相当强的臂力。
没有经过训练的人就算突然要爬，恐怕也没办法办到。"

"看来绳索的说法并不可行。"

"无论如何，凶手事先并没有做手脚，准备道具，或者
往地下室里搬运物品。如果这样做就会引起西城夫妇的警惕。
凶手必须什么都不放，带西城夫妇前往没有任何用处和存在
必要的地下室。"

"你说得没错。"

"最终，凶手并没有引起西城夫妇的警惕，非常自然地
将两人带到了地下室。因此作为凶手的第一个条件就是受到
西城夫妇的信任，不会引起任何怀疑。"

"我们之中有这样的人吗？"

"老实说，我认为一个人也没有，就算是绵贯先生也是如此。尽管两人是伯侄关系，但西城夫妇应该很清楚绵贯对他们没什么正面的感情。无论用多么巧妙的借口，绵贯要想带西城夫妇进入地下室，一定会引起他们的警惕。更不用说要是地下室里垂着绳子，西城夫妇绝不会靠近旧燃料仓库。"

"可是凶手完全没有引起西城夫妇的不安，就将他们引到了地下室，而且将两人关在了地下室。时间应该在早上 7 点之前。"

"我推测大概是在早上 6 点 30 分，所以暂且假定西城夫妇在早上 6 点 30 分被关在了那间地下室里吧。"

"因为早上 6 点 30 分前后，绵贯纯夫先生有完美的不在场证明，所以绵贯是凶手的说法不成立。"

"没错。"

"好，我承认天知先生的逻辑推理是正确的，我会果断撤回凶手事先做好了准备，用到了绳子和凶手是绵贯的说法。"石户医生说完笑了笑。

他没有反驳，面对天知的意见接受得过于顺从。可是这并不意味着石户的全面败北。虽然自己的推论被轻易推翻，但天知的说法也会很快出现破绽，正是这样的想法此时支撑着石户。

"请务必撤回。"天知喝了一口杯子中的水。

"除此之外，我还希望大家看到一点。"

石户终于站起身来。他从椅子下方取出一卷纸，展开后大约有一米见方，上面用马克笔写着 13 个人的名字和时间。

"我从天知先生的说法中得到了灵感，这是昨天调查到的不在场证明一览表。记录了 9 日早上 6 点到 8 点吃早饭之间，大家都在哪些地方做什么事情。证人指的是支持不在场证明成立的人。包括天知先生和富士子小姐在内，我姑且都调查了一番。"石户缓缓转动展开的纸，让所有人都能看到。

"您辛苦了。"天知也看了一眼石户的动作。

"根据天知先生的说法，只要看看这张一览表中早上 6 点到 7 点的情况，就能确定是否有不在场证明。"石户说道。

"请便。"

天知把一小块巧克力放在嘴里慢慢咬着。巧克力的味道和香气应该能像平时一样成为天知大脑运作的润滑油。

"绵贯纯夫和澄江夫人早上 6 点到 7 点有完美的不在场证明，还有证人。除此之外，不在场证明拥有第三者证言的还有天知先生、富士子小姐、泽田真弓小姐、进藤夫人、大河内夫人、浦上礼美小姐、小野里先生，还有我。"

"以上10人拥有完美的不在场证明。"

"是的，其余三人说自己在睡觉，但是没有第三者能够证明。大河内教授、进藤副教授和前田秀次的证人分别是昌子夫人、季美子夫人和浦上礼美，都只能得到配偶或女朋友的证言。"

"采用配偶和女朋友的证言不就好了吗?"

"这样一来，13个人全员的不在场证明都成立。"

"没关系。"

"天知先生，你说没关系，这样不行吧。"

"不，对我来说完全没关系。"

"怎么会……你是说凶手在13个有不在场证明的人里吗?天知先生，胡闹也要适可而止。"石户医生冲着天知微笑。

"适可而止，什么意思?"天知拨了拨头发。

"说实话，你没有更具体的说法了吧?所以才勉强自己提出不合理的说法，说什么所有人的不在场证明都成立也没问题。既然如此，还是在继续丢脸之前认输为好。"石户医生说着，把纸团成一团，扔到了地板上。

"凶手有三个不可或缺的重要条件。第一，能够将毫无警惕心的西城夫妇带到那间地下室。第二，9号早上6点到7点之间离开了这栋楼。第三，符合西城夫人留下的信息

WS。"天知无视石户，转身背对他。

"真努力啊。"石户苦笑着坐回椅子上。

"正如石户先生所说，WS 代表凶手。"天知缓缓走向壁炉台。

"既然如此，就只有绵贯纯夫了吧。"身后响起石户有些焦躁的声音。

"绵贯纯夫的姓名首字母是 SW，认为西城夫人错写成了WS，就和 Double Suicide 一样牵强附会。"

"但现实是这里确实没有姓名首字母是 WS 的人吧?"

"我并没有说 WS 是姓名首字母。"

"要想告诉别人凶手是谁，姓名首字母是最应该留下的简单易懂的信息，这一点已经不用再讨论了。WS 是凶手的姓名首字母，里面并不包含难懂的谜题和密码。"

"这种解释太单纯了。尽管石户先生是优秀的内科医生，但解读人心的能力平平无奇啊。"

"你是说 WS 和人的心理有关?"

"没错，请听我说，石户先生。西城夫妇并非被刀威胁着，不情不愿地喝下矿泉水的。他们没有任何警惕，反而是开开心心地喝下了矿泉水。"

"是吗?"

"你说凶手用了四倍多致死量的三氧化二砷吧?"

"对。"

"你认为这是为什么呢?"

"当然是因为凶手不知道三氧化二砷的致死量吧。"

"不能因为你是专家就看不起普通人。凶手是计划要杀那两个人的，怎么会这么随便? 凶手是在清楚致死量的基础上，在矿泉水里混入了四倍多剂量的三氧化二砷。"

"为什么?"

"其中一个原因是，三氧化二砷放置的时间长了，所以凶手担心效果有所减弱。不过凶手使用四倍致死量的三氧化二砷的主要目的，是确保矿泉水的毒性足够强，西城夫妇就算只喝两三口也能被毒死。"

"他为什么会设想两人可能只喝两三口呢?"

"西城夫妇当时口渴，凶手把矿泉水给了那对夫妇。因为两人很想喝水，所以不会多想，应该会大口喝下。可那不过是假设，事情不一定会按照凶手的想法发展，凶手还想到了喝过两三口后，其中一人感觉矿泉水的味道不对的情况。如果是这样，夫妇俩恐怕会在商量之后不再喝水。如果夫妇两人或者其中一方捡回一命，那么这场杀人计划将彻底失败。但是只要水中混入的毒药远超致死量，那么就算万一有人注意到了矿泉水的异常，也将为时已晚。凶手恐怕已经算到了这一步。"

"凶手的计划还真是周到啊。"

"没错，凶手做事的确很周到，证据就是挂锁上的指纹也被擦掉了。"

"可是结果那对夫妇喝下了超过三分之二瓶矿泉水。"

"没错，如果像你说的那样，两人是被凶手用刀逼着喝的，就不会大口喝下大半瓶水了吧。"

"原来如此，如果是被威胁，或许会小心翼翼、犹犹豫豫地喝下两三口。"

"西城夫妇当时很渴，凶手在那时递上了冰矿泉水，而且两人对递水的人毫不怀疑。所以西城夫妇一口气喝下了很多矿泉水。"

"从理论上来说，能够确定西城夫妇当时非常渴吗？"

"他们当然会口渴。盛夏时节，在完全封闭的地下室，就算是早晨也非常闷热，要是有阳光的话就更不用说了。如果被关了三个多小时，一定会口渴想喝水吧。"

"凶手仿佛就是为了让他们口渴，才把他们关在地下室里的。"

"事实就是如此。"

"夫妻俩口渴想要喝水。凶手就是为了创造出这种情况，才把夫妻俩在地下室关了三个多小时吗?"

"这是监禁的目的之一，同样是为了完成密室诡计的伎俩。"

"谨慎起见，我要问一句。凶手为什么要准备两瓶矿泉水? 只有一瓶也够吧?"

"如果两人交替喝一瓶矿泉水，有可能出现先喝的人表现出痛苦，另一个人看到后发现这是毒杀的情况。况且让西城夫妇一人喝一瓶混入毒药的矿泉水，更容易让别人认为是自愿行为。"

"还有一点，无论是喝两三口就发现异常，还是一人表现出痛苦让另外一个人发现是毒杀，你很在意夫妻俩中途不再喝水的行为啊。"

"当然了。要是中途被发现，凶手的计划就无法完成了。"

"可是就算如此，只要用最后一招不就好了吗?"

"最后一招?"

"用凶器威胁，强迫两人喝下矿泉水。"

"那是不可能的，就算凶手想到了，也没办法实行。"

"为什么?"

"第一，凶手没办法使用凶器。"

"没办法，使用凶器？"

"第二，凶手并不在西城夫妇身边。"

"加害者不在被害者身边吗？"

"是的。"

"这又是为什么？"

"你问为什么，凶手并没有和西城夫妇一起进入地下室，凶手在密室之外。"

"在密室外面要怎么把矿泉水瓶递给西城夫妇呢？"

"有天窗啊。"

"从天窗递进去？"

"大家单纯地认为这间别墅里有很多装在合成树脂瓶里的矿泉水，所以凶手也用了其中的两瓶吧。没错，比起使用特殊的瓶子，从这间别墅里取出几瓶，在各种层面都更有利。然而除此之外，为了完成密室诡计，还有一个必须使用合成树脂瓶的条件。使用合成树脂瓶不会引起大家的注意，容易被大家忽略。"

"为什么必须使用合成树脂瓶呢？"

"玻璃瓶要是从高处掉到水泥地板上的话，可能会摔碎。凶手把拿着瓶子的手伸进天窗，站在下方的西城先生也高高举起手。尽管这样依然会有一段空隙，所以凶手放开瓶子后，西城先生要接住瓶子。可一旦西城先生没接住，瓶子就有可能掉到水泥地面上摔碎。因此凶手必须使用不会摔碎的合成树脂瓶。"天知看了看时间，喝了一口杯子里的水。

听众们也松了口气，纷纷把手伸向果汁瓶或者杯子。石户医生表情严肃地抱着胳膊。天知的推论不仅没有露出破绽，反而逐渐变得详细具体。

"关于密室，我会在稍后进行说明，首先来解释 WS 的含义。"天知又吃了一块巧克力，又把杯子倒过来扣在桌子上。

### 4

确实没有任何一个人符合姓名首字母是 WS 的条件，可它确实代表了凶手的姓名。符合姓名首字母是 WS 的条件的，只有当事人。

西城若子。①

她的姓名首字母是 WS。

但西城若子应该不会留下自己的姓名首字母，因为这是

① 西城若子姓名的罗马字母为 saijyo wagako。——责编注

无用功。天知继续思考，结果从小野里的说法中得到了意想不到的提示。

小野里认为 WS 表示 Double Suicide，但正确的写法应该是 DS，完全无法支持他的判断，而用 W 表示 Double 是日本的习惯用法，已经得到普及。

是小野里提出了 Double 能够用 W 表示，天知想到可以只采用小野里的说法中关于 W 的判断，否则只有 W 没办法对应姓名首字母。

W 或许和姓名无关，而是 Double 的意思。

有两个 S，这让天知第一次想到 WS 并非绵贯纯夫的姓名首字母 SW 的错误写法，而是代表了夫妻两个人。

纯夫的 S。

澄江的 S。

有两个 S，可以考虑绵贯夫妇是共犯的可能性。但如果是这样，若子夫人应该不会留下 WS 这种密码一样的信息，一定会简单明了地写下纯夫（sumio）和澄江（sumie），或者纯夫（sumio）夫妇。

那么若子夫人为什么要留下 WS 这种令人难以理解的字母呢？是不是西城若子临死前复杂的心理在起作用呢？

就在天知隐约捕捉到了凶手的影子时，他对这个假设产生了自信。他看透了西城若子的复杂心理。

　　首先，西城丰士喝下了矿泉水，陷入痛苦的状态。西城若子也感受到了痛苦。她这时才发现自己喝下了有毒的水。对于若子来说，这毕竟是难以置信的事情。

　　死亡就在眼前。难道他们就这样在没有人知道是谁毒害了自己的情况下死去吗？这样究竟好吗？若子夫人认为揭露凶手的身份是自己的义务。

　　可这个事实实在令人太难以置信，说不定是哪里出错了。凶手会不会根本不想杀他们，只是没有发现矿泉水里有毒，碰巧把毒水递给了他们呢？

　　这种解释更容易接受。

　　如果真的是这样，那么自己明确写出姓名，反而会让清白的人被当成凶手。还是不要明确写下那人的姓名比较好吧？

　　不，绝对不会是过失。这是计划杀人，那人就是杀害他们的凶手。应该明确写下凶手的姓名。

　　等一下，万一有什么误会……

　　若子重重地倒在了西城丰士身上，她在那一瞬间有过迷茫、犹豫和踌躇。不能什么都不留下，又害怕明确写出姓名，复杂的心情支配着若子。

　　当时，一个念头划过了若子的脑海，是她平日里偶然想到的凶手姓名的特征。除了若子，没有人在意凶手姓名的那项特征。同时只要有心，总有人能想到那项特征。

虽然不想写，但不得不写。

对于不知道的人来说，这条信息不过是难以理解的记号，是注意到的人才能读懂的密码。

在那样的判断和心态下，若子用尽最后的力气，用瓶盖在水泥地上刻下了字母 WS。

"两个 S，究竟是谁的名字呢？"石户医生探出身子追问道。

他的脸上既有紧张又有好奇。房间里的气氛一下子紧张起来。所有人都像雕像一样纹丝不动。整个客厅安静得可怕。

"两个 S，就是说凶手的姓名首字母是 S. S。"天知昌二郎再次面向壁炉台前，看了一眼时钟。

"这里有姓名首字母是 S. S 的人吗？"石户扫视着整个大厅问。

但是没有人看他。所有人的视线都没有转移，仿佛被天知吸过去了一样。

"西城夫人并没有写 SS。因为如果写了 SS，就相当于用假名明确写出了凶手的名字。"天知向大厅中间走去。

"难道是！"近乎尖叫的女声让房间里的空气为之一颤。

说话的人是富士子。

"正是这个'难道是'。符合姓名首字母是 S．S 条件的人，只有西城皋月①。"天知盯着空中的某个方向说道。

"怎么会!"富士子摇着头说不出话来。

"西城夫人原本应该明确写出凶手的名字皋月。可是一个母亲无法指控自己年幼的孩子是杀死父母的凶手。同时，西城夫人认为其中一定有什么隐情。但是她不能因此隐瞒皋月的名字。西城夫人没有明确写出皋月，也没有写下 SS。她想到了自己曾经说过皋月的姓名首字母 S．S 是两个 S，于是留下了 WS 的信息。"

天知趴在大厅中间的桌旁，伸直双手一动不动。此时，说出皋月的名字消耗的心神让他极度疲惫，他就像做过重体力劳动一样汗如雨下。

"太惊人了。"

"有些出乎意料啊。"

"皋月是凶手，真的有可能吗?"

"怎么会……"

"就像小说一样。"

① 西城皋月姓名的罗马字母为 saijyo satsuki。——译者注

"可人们不是常说现实比小说更神奇吗?"

"这个假设太不合理了。"

"实在让人难以置信。"

人们小声交谈，大厅里一片喧闹。刚才就在所有人的紧张感上升到极限时，从天知口中听到了期待已久的凶手姓名，但凶手的名字指向了大家意想不到的人。

这让大家非常失望，感觉像是扑了个空。

只有富士子和石户没有说话。富士子瘫倒在椅子上，靠着椅背闭上眼睛，表情难过。石户医生紧紧闭上嘴巴，就像在舞台旁边等待出场的演员一样。

"凶手是西城皋月。"

天知摆好姿势，离开桌旁，仿佛要压住众人反对的低语。

嘈杂声如同潮水退去一样消失了。所有人再次望向天知。

"刚才我说了凶手有三个不可或缺的条件。请大家把那三个条件套在西城皋月身上看看。凶手必须是完全不会让西城夫妇起戒心的人。在这个世界上，说到西城夫妇最不需要警惕、最放心、最信任的人，就非皋月莫属了。第二，就是凶手没有不在场证明，皋月没有不在场证明。第三，凶手必须符合 WS 的条件。WS 的意思是姓名首字母为 S．S，和西城皋月的姓名首字母一致。"

天知一边围着桌子转，一边用平淡的语气说出了凶手是皋月的结论。他的表情没变，但眼神格外黯淡。

"关于凶手的第二个条件……"石户医生开口发言。

"是不在场证明吧。"天知停下脚步，摆出和石户医生对峙的架势。

"天知先生，你断定皋月没有不在场证明，真的是这样吗？"

"我是这样想的。"

"9日早上6点开始，以及犯罪事件上午10点前后的不在场证明，皋月都没有吗？"

"没有。"

"早晨的不在场证明暂且不提，我对上午10点的情况有些疑问。在我的记忆中，皋月应该也在泳池里玩耍过。"

"从上午9点到出现骚动的10点30分左右，皋月一直和我一起在泳池边玩耍。"

"即使如此，皋月依然没有不在场证明吗？"

"是的。"

"为什么？"

"从泳池走到旧燃料仓库，把矿泉水瓶递给地下室里的西城夫妇，然后立刻回到泳池。就算中途要绕到藏矿泉水的地方，也只要有 10 分钟就足够了。"

"你是说皋月曾经离开过泳池边 10 分钟左右吗？"

"是的，只是没有人注意到而已。其实我一直在泳池边观察所有人在做什么，却完全没察觉皋月短暂离开。"

"我也感觉一直有看到皋月。"

"这就是孩子吧。孩子经常成为盲点。这是由于大人先入为主地认为孩子不会做出可疑的行为，而且我们习惯性地忽略他们，认为孩子们一定在一起玩，没有平等对待他们，认为他们自然而然地在那里。"

"确实，皋月只和天知先生的孩子凑在一起，尽管和我们在同一地点，却并没有和我们一起玩。"

"而且孩子们总是在打闹、跑来跑去静不下来，看上去让人头晕眼花。刚刚看到他们在旁边，下个瞬间又跑到远处去了。我们对这种事情习以为常，因此混在一群成年人中的孩子会成为盲点。"

"只要没事，大人就不会寻找孩子在哪里。在马路上之类危险的地方时暂且不提，大人不会过多关心在别墅里的私人泳池边玩耍的孩子。而且，大人有的正玩得尽兴，有的正在享受悠闲放松的感觉，就算看到了孩子，也会下意识地忽视他们的存在。"

"没错。就算一时没看到他们，过一会儿再看到时，也会理所当然地认为他们一直在那里。"

"几乎所有人都注意到绵贯纯夫先生在 10 点 30 分之前始终没有出现在泳池边。但是皋月在不在，大家只有模糊的印象。"

"观众会记得舞台上主要登场人物的脸，就算知道周围有行人和人群，却记不住他们的脸。这是同样的道理。"

"孩子总是会被当成微不足道的存在。"

"如果有谁能够证明从上午 9 点到 10 点 30 之间，皋月完全没有离开过泳池，请不要客气，尽管说出来。"

天知一边环顾所有人，一边又绕着桌子走了一圈。他留出了充足的时间等待众人发言，却没有人站起，也没有人开口。所有人都对自己的记忆缺乏自信。

"那么反过来，有没有人能证明皋月离开过？"石户医生问道。

"只有一个人，而且和我们不同，那个人一直在皋月身边，把她放在平等的位置上，对其关心。"天知回答，望向朝向露台的那扇角落里的玻璃窗。

玻璃窗外站着一个小小的人影，正小心翼翼地打开窗户走进大厅，是春彦。

把皋月放在平等的位置上，对其关心，一直和她一起行动的人，当然是春彦。

"他是我儿子，我让他来做证人。"

天知看了看表，他之所以在意时间，是因为和春彦有约定。上午 10 点 30 分，天知对春彦的守时感到满意。

天知招了招手，春彦绕到壁炉台前，面向大厅中央。他的表情有些僵硬，走路的动作畏畏缩缩的。所有人都看着这位小小的证人。

"把今天早上你和我说过的话再重复一遍吧。"天知面无表情地低头看着身边的春彦。

春彦点了点头。

"来到这栋别墅的第二天早晨，你是几点起床的?"天知离开春彦身边，拨了拨头发问道。

"6 点。"春彦明确地高声回答。

"你马上离开房间了吗?"

"是的。"

"为什么?"

"我想和皋月一起玩儿……"

"你见到皋月了吗?"

"我在房子里找了好久，都没找到皋月。"

"之后你做了什么？"

"我以为她在院子里，就出去了。"

"皋月在吗？"

"不在，所以我就一个人玩了。后来，皋月从远处走过来。"

"你说远处，是从哪边？"

"北边不是有一大片落叶松林吗？"

"嗯。"

"她是从落叶松林那边直直走过来的。"

"皋月是一个人吧。"

"嗯。"

"手里拿东西了吗？"

"她是甩着一块大大的白手帕走过来的。"

"后来你们俩干什么了？"

"我们俩回到房间里看了电视。"

"电视里放了什么？"

"暑假漫画大会的第一部刚刚结束，广告之后开始放第二部，是《宇宙船 X 号》的漫画。"

"好，你不是还跟我说了后来在泳池边玩儿的事情吗？你在泳池边一直和皋月在一起吧？"

"嗯。"

"从来没有分开过吗?"

"嗯。"

"皋月有没有消失过?"

"只有一次。"

"她为什么消失了呢?"

"她跑去上厕所了。"

"那是什么时候的事?你知道吗?"

"不知道。"

"当时你和皋月在什么地方,在做什么?"

"在泳池和池塘之间的草地上用膨胀得很大的充气气球相互碰撞。之后我听到钟声,皋月就说了句钟响了自己必须去厕所,然后就跑走了。"

"她朝哪个方向跑了?"

"好像是池塘那边。"

"皋月很快就回来了吗?"

"嗯。"

"你觉得大概过了多久?"

"我确定是 10 分钟左右。"

"我知道了,辛苦了。"

"我可以走了吗？"

春彦没有等天知回答就跑走了，然后又马上停住脚步回过头来。

"你走吧。"天知说道。

春彦再次跑开，打开玻璃窗走上了露台，很快就不见了。

## 5

那之后，天知又补充了一些内容。

电视上播放的暑假漫画大会，准确来说是暑假儿童漫画大会，只在暑假播放，时间是从早上 6 点到 9 点。第一部从 6 点到 6 点 35 分，中间有 5 分钟的广告。

第二部从 6 点 35 分开始，先放 5 分钟广告，6 点 40 分正式开始。第二部漫画是《宇宙船 X 号》。春彦和皋月是从广告结束，第二部《宇宙船 X 号》开始时进屋看电视的。时间是 6 点 40 分。

春彦 6 点起床，到处寻找皋月。可他并没有找到皋月，不知道她在哪里。而到了 6 点 40 分之前，皋月从北边落叶松林的方向跑来，北边的落叶松林位置与旧燃料仓库完全一致。从 6 点到 6 点 40 分，皋月在外面，没有人能为皋月做不在场证明。同时，皋月在旧燃料仓库方向的可能性很大。

另外，从9点到10点30分，在泳池周围玩耍的春彦和皋月曾经分开过一次。钟声是从别墅西边的小教堂传来的。那座教堂每天会自动响起5次报时的钟声，分别是早上6点55分、9点55分、11点55分，下午3点55分和傍晚5点55分。在泳池边玩耍时，两人听到的当然是9点55分的钟声。

在钟声响起时，皋月说着钟响了，便以要去厕所为由跑走了。她是在9点55分离开的，过了10分钟左右回来。这10分钟与西城夫妇的死亡时间一致。而且皋月是朝着池塘的方向跑去的。如果要去厕所，就必须去东北方向的主屋，但皋月却朝着西边的池塘跑去了。

其中可能有三个原因。第一，朝池塘跑去要越过假山，所以很快就看不到人了。第二，越过假山向北直走，就能到旧燃料仓库。第三，装着毒水的矿泉水瓶有可能藏在池塘里。池塘的水是从埋在地下的铁管道注入的。管道周围的水很浅，基本没有鲤鱼。那里是藏矿泉水瓶的绝佳地点。因为流入池塘的水温度较低，可以充分冷却矿泉水。西城夫妇口渴时，当然是冷水更能让他们多喝些。

"这么多事实证据都证明皋月就是凶手，我认为没有能够否定所有证据的信息。"天知低着头说。

众人鸦雀无声。石户也低着头，所有人都承认天知的合理推断无懈可击，但终究只是理论上的推断。

6 岁的女儿杀害双亲，人们无法接受这样的事实。6 岁的幼童应该不会怀有杀意，制订犯罪计划，利用密室诡计尝试完美犯罪。

正如天知指出的那样，直接下手的凶手一定是皋月。但只是确定凶手为皋月，并不能解决这起杀人案。皋月不过是执行计划的机器人而已，一定存在另一个凶手，能够自由地远程遥控她。

大家正是由于意识到了这一点才故意没有开口。没有人敢提到这一点，所以并没有打破沉默。所有人都预感到巨大的悲剧即将到来，于是继续保持着这令人压抑的沉默。

"小野里昨天失去了向富士子小姐求婚的资格，现在石户也被剥夺了求婚的权利，那么我必须坦白了。"天知说。他坐在桌子一角，目光投向远方。"富士子小姐从一开始就不想和小野里或者石户结婚。她打从心底深深爱着一个人，甚至认真想过要和他结婚。两人认识的时间并不长，不过是刚刚发生了关系。但如今，这场激烈而短暂的恋情即将结束，而且会以残酷的形式告终，她爱的人要做出最终审判，宣告她的死刑。"天知眼神空虚，脸上依然没有表情。

富士子也坐在椅子上一动不动。那张宛若虚脱的脸庞格外美丽，只有湿润的眼睛闪闪发光，流露出生命的气息。

石户带着难以置信的表情来回端详天知和富士子。另一边，小野里一脸茫然。

"富士子小姐爱的人是我。"天知有气无力地说道。

男人们露出意料之外的表情，女人们用诚挚的目光盯着天知。然后，所有人继续保持沉默。

3分钟过去了。

"那么……"天知敲了敲膝盖猛地站起来，像是整理好了心情。他依然面无表情，但眼神变得锐利，他缓缓上前两三步，拨了拨头发。

"其实，春彦还对我说过这样的话。皋月曾经告诉春彦，'妈妈真的是我的妈妈，是生我的妈妈，只要是妈妈的命令，无论是什么我都会听'。"

天知停住脚步，因为一个声音从意料之外的方向传来。

"春彦没有做证的能力。"是小野里，他起身义正词严地说道。

"这里不是法庭。"天知盯着小野里。

"但我不认为春彦刚才的话能够证明富士子小姐的动机，也就是皋月的行动，那只是孩子之间无心的对话。"小野里摘下眼镜扔在桌子上。

"很遗憾，就算没有春彦的话，能够随意控制皋月的依然只有富士子小姐一个人。"

"你能断言是富士子小姐操控了一切，在控制皋月这个机器人吗？"

"没错。富士子小姐是主犯，皋月是从犯。皋月会听从富士子小姐的任何命令，能够比机器人更完美地执行富士子小姐下达的指示。举例来说，皋月在地下室的挂锁和扔进管道中的钥匙上都没有留下指纹。这是因为皋月忠实地遵从了富士子小姐的命令，什么都不要碰，必须碰的话要用手帕。你也记得春彦说过，皋月从北边的落叶松林跑回来的时候，手里拿着一块大大的白手帕吧。"

"皋月真的认为富士子小姐是她的亲生母亲吗？"

"两人的年龄差距和母女一样，而且长相非常相似，再加上皋月在日常生活中把西城夫妇叫作祖父母，把富士子小姐叫作妈妈，当然会这样认为。皋月也希望富士子小姐是她真正的母亲，如果富士子小姐这样告诉皋月，那么皋月就会相信。"

"以母女的身份共同生活，富士子小姐对皋月难道完全没有感情吗？只要有一丝感情，就算有这种计划，也无法把皋月当成杀人机器来用吧。"

"在富士子小姐看来，两人只是演给别人看的母女吧。富士子小姐厌恶甚至憎恨西城夫妇。一想到皋月是西城夫妇的亲生孩子，应该会连她一起讨厌。"

"富士子小姐憎恨西城夫妇，是这次的杀人动机吗？"

"是的。关于动机，也必须解释一下。"天知来到小野里的桌边，背对富士子开始述说。

西城丰士年纪大了之后依然会在女学生中引发骚动，也就是说他很受欢迎。就连浦上礼美也给他送过情书，是西城教授的狂热拥趸，泽田真弓也爱着西城丰士，甚至愿意舍弃结婚的梦想。

西城丰士年轻时似乎吸引了更多女人。他明明有若子这个妻子，依然和好几名女性保持过短期关系。然而西城重视声誉，也很善于抽身。

西城丰士有一个好朋友叫细井直人，是一位评论家、诗人，比西城小两岁。靠赚不到钱的作品生活并不轻松，不过他还是和妻子真理子、女儿富士子三个人一起平静地生活着。

然而，西城丰士破坏了这一家人的和平。细井直人的妻子真理子从结婚前开始就频繁出入西城家。年轻时就和西城丰士关系亲密，正是在他的介绍下认识了细井直人，走进了婚姻的殿堂。

可是结婚八年后，西城丰士和真理子开始双双出轨。不知道是西城被正值盛年的真理子的美貌吸引，还是疲于生活的有夫之妇真理子被名声日盛的西城丰士迷住了，总之两人情投意合，发生过好几次关系。

然而没过多久，细井直人发现了此事，并且勃然大怒。他深爱着妻子，因此怒不可遏，喝酒后会对真理子拳打脚踢。当时8岁的富士子看到这幅情景，只把使用暴力的父亲当成坏人，憎恨父亲。

最后，真理子逃回了娘家。

富士子想念直到第二天都没有回来的母亲，一直在哭泣。对富士子来说，把受伤的母亲赶走的父亲是最坏的人，是不可原谅的敌人。

当天夜里，细井直人依然烂醉如泥。喝醉的细井拿年幼的女儿撒气，朝她扔东西。富士子一哭，父亲就朝她冲过去。富士子因为恐惧和憎恶被吓得瑟瑟发抖。

父亲坐在不带阳台的小房子的凸窗上，突然开始喃喃自语。"我想死，杀了我，富士子，把我推下去，求你了，狠狠心杀了我……"

下个瞬间，富士子朝凸窗冲了过去，整个身体撞上了父亲的后背。她完全没有感到阻力，比推倒一把椅子用的力气还轻。父亲的身影轻飘飘地消失在窗外的黑暗中。

这起事件中最慌张的人便是西城丰士。如果所有事情曝光，他的处境将变得十分困难。西城和若子商量后，决定封住富士子的口，把细井直人的死处理成意外。考虑到舆论影响，若子也帮了他，而且把富士子收为养女，将此事变成一桩美谈，收养意外死亡的好友的女儿，一切都成为过去。

养父母对富士子来说，不过是严格且冷淡的监护人罢了。养父母总是把出身、教养、血统、身份、名门、脸面挂在嘴边。

富士子一心想要尽快独立，希望成为一名女演员。然而养父母强烈反对，认为良家女子才不会进入娱乐圈，她发誓不会擅自与男性交往结婚，才总算得到了养父母的许可。

不久后，若子在大河内教授的努力下平安生下了皋月。从那以后，养父母事事都要把富士子和亲生女儿皋月比较，说皋月天生血统优秀，是名门之后。相对地，富士子是西城家的养女，这个身份让她在社会上颇受优待。养父母想让富士子屈服时，就会说"你可是8岁的时候就杀了亲生父亲的人"。

"在我朋友惊人的快速调查的帮助下，我知道了一个人的真实身份。"

　　天知把杯子放在嘴边。但他并没有打算喝水，而是把杯子放回了桌子上。一声咳嗽都没有的大厅里，安静得能听到一根针落在地上的声音。

　　天知感觉到富士子盯着他的侧脸，一定是因为听到他说"在我朋友惊人的快速调查的帮助下"。富士子的视线似乎在说，那个朋友是田部井主编吧。她此时或许只把田部井当成一个关系疏远的人罢了。

　　"那就是这栋别墅的管理员，内海良平的真实身份。内海良平是富士子的亲生母亲真理子的哥哥。真理子因为丈夫的死深受打击，再加上自责，导致精神失常，十五年来一直住在医院里。四年前，当真理子出院时，内海良平去长野县接她。因此内海理所当然知道了一切的真相。因为我想到了这一点，所以刚才和内海见了面，希望他坦白一切。尽管内海迟迟不愿开口，但如今西城夫妇已经离世，凶手也已经找到，因此他还是告诉了我他知道的全部真相。就在内海良平去长野县接真理子之后，也就是四年前，富士子小姐央求他告诉自己关于亲生母亲的一切，于是内海良平把关于亲生母亲的真相都告诉了她。"天知扫了一眼富士子。

　　听了舅舅内海良平的话，富士子深受打击。她的亲生父亲细井直人并非有罪之人，那是亲生母亲出轨引起的悲剧，而且造成悲剧的出轨对象竟然是养父西城丰士。

错的是出轨的西城丰士和她的亲生母亲真理子，但真理子后来成了废人，可以说已经赎清了罪孽。毫发无伤的人，不是只有西城丰士吗？

加害者只有西城丰士一个人，细井直人、真理子以及富士子自己都是受害者。西城丰士收养了富士子，在经济上援助真理子，又雇用真理子的哥哥内海良平做别墅的管理员，靠金钱把败局变成美谈和善行以欺骗世人，过上了安稳的人生。

这实在太不公平了。富士子才是最大的受害者，但养父母却批评她是8岁杀害亲生父亲的女人。

对养父母没有资格说任何话，出于反抗情绪，富士子爱上了唯一待她温柔的表哥。富士子真正爱上绵贯纯夫，是在两人发生肉体关系之后。

然而养父母却以门不当户不对为由拆散了富士子和绵贯纯夫。当时，绵贯想到了死，他想和富士子殉情，所以从工作的地方偷了三氧化二砷。听到他的决心，富士子也有了殉情的念头。但绵贯纯夫突然改变了心意，他开始远离富士子，半年后，与现在的妻子澄江结婚。富士子便对男人失望，忘记了和绵贯纯夫的关系，专心投入女演员的事业。

最近，西城夫妇开始催促富士子的婚事。尽管考虑到脸面，两人说了不少冠冕堂皇的话，其实真正的想法是把富士子赶出西城家。因此，西城丰士按照自己的意愿选择了小野里实和石户昌也作为富士子丈夫的候选人。虽然要付一大笔嫁妆，但富士子终于可以离开西城家，变成小野里富士子或者石户富士子。

西城夫妇的另一个目的，是让富士子远离皋月。他们担心这样下去，皋月真的会把富士子当成母亲，只把自己当成祖父母。只要赶走了富士子，西城家就只剩下亲生女儿皋月一个人了。对皋月来说，西城夫妇才是她的亲生父母。8月8日，一场充满憎恨和企图心的派对在轻井泽的别墅召开，第二天西城夫妇被害，现在富士子和皋月成了凶手的重要人选。

"以上就是根据我得到的调查结果完成的推理，是富士子对西城夫妇产生杀意的过程。"天知用手帕擦了擦脸，脸上冒出了汗水。不单单是因为热，更是因为紧张。

"我还有两三个问题……"小野里坐回椅子上，松了松领带。他看着天知疲惫的表情，自己也有些喘不过气来。

"请提问。"天知用中指和拇指使劲了捏眉间。

"你刚才说凶手担心长期放置的三氧化二砷效果会减弱，

为什么是长期放置的呢?"

"因为富士子用了三年前得到的三氧化二砷。绵贯纯夫为了向富士子表达殉情的决心,应该让她看过从工作的地方偷来的三氧化二砷。或许就在那时,富士子留下了一半以上的三氧化二砷。绵贯并没有发现,而且不久就改变了想法,所以把三氧化二砷连容器一起扔掉了吧。"

"你知道绵贯先生突然改变想法的原因吗?"

"这只是我的推测,绵贯先生想要离开富士子小姐多半是因为听了西城夫妇的话。比如时效已经过了,只告诉你一个人应该没关系,富士子有一段可怕的过去,她在 8 岁时曾经把亲生父亲从窗户推下去杀死了……富士子小姐在事后知道了此事,或许也让她对西城夫妇产生了另一层杀意吧。"

"我明白富士子小姐在四年前开始产生杀意,然后逐渐膨胀,越来越强烈。可是将杀意转换为杀人行为需要诱因。富士子小姐决定在 8 月 8 日派对的第二天早上动手,那么她从很早就已经开始计划了吗? 还是说突然出现诱因,让她付诸行动了呢?"

"犯罪方法、诡计、操纵他人,这些应该是富士子小姐以前就想好的。但她直到最近才决定动手,是因为 8 月 8 日晚上发生了一件成为诱因的事情。"

"诱因是……"

"富士子小姐爱上了别的男人，想要避免与小野里先生或者石户先生结婚，西城夫妇发现了这一点，而且他们还发现那个男人就是我。夫妇俩邀请我来参加派对，目的就是让我拒绝富士子小姐。这是富士子小姐最担心的事情。而在8月8日晚上，西城夫妇邀请我第二天早晨和他们谈谈。对于富士子小姐来说，这件事成为她动手杀害西城夫妇的诱因。也就是说，富士子小姐认为和绵贯先生的情况一样，西城夫妇会告诉我她在8岁时杀害亲生父亲的事情。若是如此则万事休矣，于是富士子小姐下定决心，这样下去不行，一定要在我第二天早上见到西城夫妇前杀掉他们。"

"富士子小姐为什么一定要把皋月当成被操纵的机器呢?"

"当然是因为要想充分利用密室诡计，皋月正是不可或缺的主角，所以富士子小姐不得不利用皋月。但理由不仅如此，长久以来，西城夫妇一直对富士子小姐施加语言暴力，说她是杀害亲生父亲的恐怖女儿。富士子小姐想要以牙还牙吧。让他们自己的孩子也成为杀害父母的恐怖女儿，于是西城夫妇便被亲生女儿皋月和养女富士子杀死了。我想富士子小姐出于复仇的目的，选择了皋月充当自己的助手。"

"最后，请你解释密室诡计。"小野里的声音越来越小，似乎有所顾虑。

"好吧。"

天知闭着眼睛走回了大厅中间的桌子，中途腿抽筋了。他面如土色，依然在因为紧张而不停流汗。除了富士子之外，所有人都把目光聚集在了病人模样的天知身上。然而没有人知道他如此不适的原因，眼前的天知正在勉强忍耐集中精力思考所带来的精神消耗，以及告发爱人的精神痛苦。

"这次密室诡计最大的特点在于被害人为罪犯提供了协助。解开诡计之谜的关键在于挂锁的钥匙被扔进了管子底部。"天知昌二郎把杯子里的水一饮而尽，然后动作粗鲁地脱下西装外套扔在桌上说道。

6

为什么要把挂锁的钥匙扔进排水口的管子里呢？因为虽然管子是彻底封闭的，但人不可能把手伸进去，就算手腕再细，也只能伸进一米左右。

也就是说，需要把挂锁的钥匙扔进绝对无法取出的地方。只要取不出钥匙，就无法取下挂锁。只要无法取下挂锁，就打不开门。

受害者西城夫妇应该不会做出这种事，无论如何都无法相信钥匙是碰巧掉进管子里的。而且如果西城夫妇拿到钥匙，应该会留下其中一人的指纹。但钥匙上并没有检测出指纹。也就是说西城夫妇并没有碰过挂锁的钥匙。仅凭这一件事就能否定小野里实的共同自杀的说法。不管怎么说，可以断定西城夫妇与掉在管子底部的钥匙无关。既然如此，便只能判断凶手是故意扔掉钥匙的。

从结果可以看出，凶手的目的首先是把西城夫妇监禁在地下室中。只要明白了这一点，剩下的就简单了，只要追踪按照富士子的指示行动的机器人皋月便可。

8月9日早上6点起床后，皋月来到了西城夫妇的房间。皋月提出要一起散步，西城夫妇开心地答应了。三人来到院子里，在宽敞的别墅区里悠闲散步。

无论皋月说哪里好，想去哪里，西城夫妇都欣然接受。对皋月来说，把西城夫妇引到旧燃料仓库简直易如反掌。皋月向西城夫妇撒娇，说要进入地下室看一看。

西城夫妇没有拒绝。三人走进了曾经作为煤炭储藏室的地下室。皋月用身体靠在铁门上，然后铁门关上了。紧接着，皋月表现出对挂锁的兴趣，她觉得新鲜，央求西城丰士把挂锁锁上看一看。

西城丰士对她言听计从，把挂锁弯曲的铁棍插进了搭扣和铁门上的铁片重合的小洞，咔嚓一声将挂锁锁上了。尽管挂锁已经锁上，不过钥匙就插在上面，所以西城夫妇并没有感到担心。

然而这时，皋月拔出了插在挂锁里的钥匙。皋月按照富士子的指示，用准备好的白色大手帕包住钥匙，没有在钥匙上留下指纹。

西城丰士开始担心了，让皋月把钥匙插回去。可皋月却逃走了，在排水口上打开了手帕，瞄准管子口扔下钥匙。

钥匙掉在了管子底部。皋月摆出一副慌张的样子，大喊"糟了"。西城夫妇也不知所措。钥匙捡不上来，就没办法取下挂锁，打开铁门。地下室里连一根针和铁丝都没有。

出不去了。三人被彻底关在了这个水泥盒子里。在这里无论叫多大声，都没有人能听到。虽然可以从下方推开天窗，但天窗的高度有 3.8 米。

一定会有人发现他们三个人失踪了，并且到处寻找，总会有人找到他们的。西城夫妇不再激动，事到如今只能等待了。

这时，皋月想到了离开的方法。如果仅把她一个人从天窗送出去，倒也不是无法实现。总之，先让皋月出去，再叫人来就好。

西城夫妇同意皋月的想法。如此一来，便出现了受害者协助罪犯完成密室诡计的奇怪特征。三个人叠在一起。首先，若子把皋月扛在肩上，然后西城丰士把若子扛在肩上。西城丰士双手撑住墙壁支撑身体缓缓起身，两腿分开，西城丰士勉强固定住身体。接下来，若子用双手抵住水泥墙壁，在西城丰士肩膀上缓缓站直身子。有墙壁支撑身体，若子的姿势很稳定。接下来就是皋月了，她也靠墙壁的支撑在若子肩膀上站了起来。

对于 61 岁的西城丰士和 54 岁的若子来说，这是相当繁重的劳作，并且是危险的特技。可人在危急时刻，能够发挥出超越年龄的力量和精神，做出令人震惊的事情。

我们试着简单计算一下。

西城丰士身材高挑，有 180 厘米，头的长度和岔开双腿的高度算 30 厘米，减去后的高度为 150 厘米。若子的身材也比较高大，身高有 167 厘米，减去 30 厘米后还有 130 厘米左右，和西城丰士加起来能达到 280 厘米。皋月的个子比较小，身高在 120 厘米左右。按照双手举高背挺直后增加 20 厘米计算，那么加上皋月的 140 厘米，三人的高度能达到 420 厘米。

也许实际情况并不会像计算结果一样达到 420 厘米。但就算只有 400 厘米，相对于天窗 380 厘米的高度，也能留出 20 厘米富余。

如此，皋月的手便能碰到天窗，并且向上推开超过 20 厘米。恐怕只要努力找对方法，还能把天窗开得更大。皋月一定是用手帕垫在手上推开天窗的，因为天窗上并没有留下皋月的指纹和掌纹。

皋月的头探出了天窗，然后只需要借助手臂的力量就能爬出去了。这样一来，就只有皋月爬出了天窗。离开后，皋月用手帕擦过天窗边缘和四周，抹去了痕迹。

若子从丈夫肩膀上下去。西城夫妇抬头看着从天窗向里望的皋月，西城丰士要她去叫人，皋月答应后朝地面走去。

直到这时，才出现只有受害者被关在地下室的情况。他们依然无法取出管子里的钥匙，也无法打开铁门。尽管天窗开着，在送出皋月之后也无法成为脱身的出口。

无论是用肩膀扛还是站在头上，西城夫妇两个人都够不到天窗，西城夫妇依然被关在地下室。对两人来说，那里依然是完美的密室。不过要不了多久，应该就会有很多人在听到皋月的通知后赶来。两人便坐在地下室里静静等待。

然而时间一分一秒地过去，无论等了多久，依然没有人来。天气越来越热，两人汗如雨下，说不定皋月只顾着玩，忘记了叫人。

无论是大声叫喊还是呼救恐怕都没有效果，两人只能等待。口渴、流汗、想喝水。两个小时过去了，三个小时过去了，两人无比渴望喝水。

快到 10 点时，皋月突然从天窗探出头来。她戴着泳帽，手里拿着毛巾。西城夫妇急忙站起身，皋月手里是两瓶用毛巾包好的矿泉水。

西城夫妇应该不会发现用毛巾包住矿泉水是为了不在瓶子上留下指纹。而且他们做梦都想不到，皋月是听从了富士子的指示，在教堂钟声响起时，以去厕所为借口来地下室送矿泉水的。

"大家都出去了，现在才回来，他们马上就过来，让我在那之前给你们送些冰水，盖子已经打开了。"

这是皋月对西城夫妇说的最后一句话，她将两瓶矿泉水依次扔到西城丰士手上。水很冰，拿掉被拔开过的盖子，西城夫妇大口大口地喝了下去。

两个人喝下了水。看到这幅场景，皋月用全身的重量压住铺着毛巾的天窗。天窗被关上了，皋月朝着泳池边全速奔跑。身后只剩下倒着西城夫妇尸体的完美密室。

"如果到此为止，那么我也不会发现密室诡计，因为我根本想不到皋月竟然是主角。只要不怀疑皋月，就无法解开密室之谜。"天知环顾四周。没有焦点的眼神仿佛在盯着所有人。

所有人都抬起头迎接天知的目光。每个人脸上的表情各不相同，他们的反应表现出不同立场，比如石户医生就带着一丝微笑轻轻点了点头。

那是主动承认失败的自嘲表情，而小野里律师表情严肃，陷入沉思，他回顾自己的惨败，同时因为悲剧性的结果而深受打击。

大河内教授夫妇与进藤副教授夫妇都松了一口气。丑恶卑劣的人不只有他们自己，西城夫妇在过去也是如此，这让他们感到满意和安心。

绵贯夫妇用炽烈的目光来回看着天知和富士子，眼神中表现出对天知合理推测的敬意和感谢，以及对富士子的同情和怜悯。绵贯夫妇现在终于重新有了人性。

前田秀次和浦上礼美面面相觑，歪着头感叹，一副恍然大悟的样子。他们只是单纯在对破解像难解的拼图一样的谜题的人表示惊讶。

泽田真弓一直带着茫然若失的表情。但她已经完成了对天知解谜推理的精密的验证，眼神中有了明确的答案。她没有被感情冲昏头脑，而是冷静地看透了事实，表现出一副即将得到解脱却没有完全解脱的样子。

这些人的反应有一个共同点，他们理解并且接受了正确的谜底已经揭开的这一结论。所有人都认可天知对密室诡计的解释。

完美的密室被击溃了。加害者在受害者的帮助下离开密室，这成了巧妙的诡计的第一阶段。如此出人意料的密室诡计依然被天知看透了。当密室不再是密室时，当诡计和谜题都被解开时，剩下的只是没有辩解余地的凶手的败北。

西城富士子茫然地抬头看着天花板，那张脸让人想起古堡中的公主，想起怀念逝去爱情、爱做梦的美少女。

7

只要天知没有关注皋月的存在，就无法解开密室之谜。在此之前，皋月不过是舞台上的一个路人，观众只能在舞台的死角捕捉到她的身影。

皋月在天知的眼中成为主角候选，是在第二次纵火事件之后。当他意识到这一点时，突然在轻井泽清爽的早晨感受到一丝异样，情不自禁地从阳台望向大自然的美景，并且陶醉于其中。

纵火犯是谁？

能够确定不是小野里实。差点死掉的受害者是皋月，不是石户昌也。既然如此，纵火犯的目标有可能不是石户，而是皋月。

没有任何一位受邀的客人拥有必须杀掉皋月的动机。如果西城夫妇和皋月死去，能够获得巨大利益的人只有富士子，然而富士子绝对不会为了物欲和眼前的利益杀人。

但是其中是不是隐藏着什么更深的内情呢？天知想到这里，突然注意到了皋月的存在。与此同时，他开始关心富士子的内心。

"有计划的犯罪切忌冒险。尽管周密的计划只要实现90%就能达到完美犯罪，但最后只要有一丝冒险都会功亏一篑，这样的例子并不少见。那么凶手最后为什么要冒险呢？因为计划成功90%后，凶手发现了一件计划外的事情，突然感到不安。不安的情绪让凶手焦躁，焦躁带来了草率的行动。于是凶手想要用一戳就破的方法来弥补，完全不像制订了周密的计划，几乎成功做到完美犯罪的人。"

天知深深叹了一口气，继续进行最后的说明。

"富士子小姐当然告诫过皋月不能说出去。只要富士子小姐命令皋月绝对不要说，皋月就会老老实实地遵守。事实上，皋月确实完全没有告诉任何人，但她只是没有告诉成年人。"

富士子没有算到春彦和皋月的接触，也就是孩子之间的亲密关系。今后，春彦和皋月接触的机会恐怕会越来越多。无论再怎么制止，皋月依然有可能不小心把秘密透露给春彦。

从现在到未来，皋月把秘密透露给春彦的可能性是不是很大呢？被这份担心裹挟，富士子开始焦虑，终于产生了不惜冒险也要尽早封住皋月的口的想法。

富士子策划了看似针对石户医生的纵火事件，真实目的是杀掉皋月。皋月没有被针对的理由，她的死只能是偶然事件，是一场意外。

第一场纵火事件首先以石户医生为目标，然后石户搬到了远离其他客人的独立房间。只要在第二间房间里继续纵火，恐怕大家都会认为目标是石户。

就算皋月死在那里，大家也会认为她是被牵连的，是石户的替死鬼，会被当成一次偶然的意外。藏在被看作目标的石户背后，皋月的死应该会成为继双亲死后的又一场不幸，富士子的焦虑情绪让她的判断变得草率。

往返于一方寺的途中，让小野里看到她和石户的亲密举动。当天夜里，富士子算好了会被小野里看到，然后潜入石户的房间。把皋月交给管理员的妻子照顾，同样不只是为了创造和天知自由相处的时间，而是为了引发小野里的猜忌，是一举两得之计。

今天早上，富士子刚刚接回交给乙江照顾的皋月，就再次开始遥控，把皋月当成机器人利用。她对皋月做出了如下指示。

一会儿，你要去小野里先生的房间。

如果小野里先生还在睡，就算吵醒他也没关系，你去他的房间和他说说话。

然后告诉小野里先生你要去找妈妈。如果他问你，就告诉他妈妈可能在走廊尽头深处的房间，你要去看一看。无论小野里先生同不同意，你都要直接走到走廊尽头的房间，站在卧室里床的对面不要动。

皋月完全像个机器人一样听从了富士子的命令。

小野里关心富士子是不是在石户的房间过夜，想知道石户的房间是什么情况，想确定富士子是不是还在那里。

　　富士子完全预料到了小野里的心情。只要结合小野里的心理和皋月的行动，就能得出两件事情的关联。一件是小野里让皋月去石户的房间，另一件是小野里在石户的房间纵火。

　　就算事情失败，皋月没有死，大家也会觉得小孩子的话不足为信，说不定是小野里在撒谎，掩盖矛盾之处，而且还能把皋月带走，避免与其他人接触。

　　富士子按照计划匆匆忙忙地把皋月从纵火现场带走，于是众人无法直接从皋月口中听到事情的经过，富士子担任了皋月的代言人。

　　此外，富士子以商量告别仪式的事情为借口，约了石户今天早上 6 点在面向院子的露台见面。石户已经离开房间，在约定的地点等待富士子。

　　皋月一个人进入了空无一人的房间。躲在化妆室等待的富士子见皋月进入卧室后，点燃了房间四周的窗帘。

　　走廊尽头有一个拐弯处，房间在更深处，所以不用担心走廊上的人看到她在屋子里做的事情。之后，富士子看准走廊上没人的时机，从拐角处冲出，跑下眼前的楼梯。

　　接下来，她朝着石户等待的露台走去。

　　富士子期待皋月看到火焰后慌忙逃向阳台，在抓住栏杆求救时和栏杆一起掉落在地面上摔死。按照富士子的计划，事情应该会按照她的期待进行。

只要皋月死了，就永远不会有人发现是她在背后操控，杀了西城夫妇和皋月。死人不会说话，皋月作为机器人的任务已经完成，她不会发现也无法说出连自己都被逼入了死地的事情。

但是对于富士子而言不走运的是，去上洗手间的春彦比计划中更早发现了浓烟。因此天知冲进房间的时间也提前了，富士子的计划以失败告终。

然而，更严重的失误在于她通过纵火这个小手段，将皋月推到了天知面前。

在石户房间里的第一次纵火比较儿戏，并不会导致有人死亡。但第二次纵火的目的明显是让人坠亡，而且掉入陷阱的人不是石户而是皋月，因此天知看穿了背后的伎俩。

与此同时，他也自然把皋月当成了重要人物。

"就是这样，已经全部结束了。"

天知低着头一动不动，只有散乱的头发微微颤抖。他已经完全瘫坐在桌子上，整个身体看起来小了一圈。

沉默还在继续。众人纹丝不动。

突然，人群中有一个身影闪过。富士子站起身来，她的上半身猛地晃了一下，石户昌也从背后扶住了她。

"谢谢你。"富士子挤出一个笑容向前走去，来到大厅中央，沉默的人们用目光追随着她。富士子在距离天知一米的地方停住脚步。

"你说的都没错。"富士子盯着天知说道。她面无血色，仿佛皮肤都变得透明，像一个身患重病的人。然而富士子的表情轻松，仿佛卸下了身上的重担。

"只有一点需要更正，那就是我对皋月的感情。"富士子没有哭，也没有露出悲伤的表情。

"如何更正?"天知这才认真注视着富士子。

"我并不讨厌皋月。应该叫作讨厌吗? 总之，我完全不讨厌或者憎恨皋月。对我来说，她无足轻重，连外人都不如。"

"这样啊。"

"正因为如此，我可以和她同床共枕，可以做到任何母亲会做的事。要是我对她有好恶之情，就没办法代理母亲的角色了。正因为那孩子无足轻重，我才能假装她的母亲。西城若子就是这样对待我的。"

"可皋月是把你当成亲生母亲来对待。她能成为完全服从命令的机器人，不就证明了她和你心意相通吗?"

"心意相通、爱，那不过是成年人的看法，成年人以为孩子是单纯的。打从心底为孩子的将来着想，严格教育孩子的母亲；对孩子言听计从，要糖给糖，放任而不负责任的母亲，小孩子会更亲近谁呢？当然是后者，小孩子就是这样。皋月想要我这样的母亲，而我巧妙地驯服了她。只是这样而已。"

"还有一件事，我希望你能够回答。"

"好。"

"你从一开始就不认为小野里和石户会获得求婚的资格吧？"

"我相信他们两人绝对不可能完成合理证明。所以从一开始我就已经看透，他们两人将失去求婚的资格，无法和我缔结婚约，也不可能结婚。"

"可是……"

"我对你……"

"真是一场悲剧。"

"可我并不后悔，甚至现在接受你下达的死刑宣告，也让我感到心安。"

"最后，我还有一句话想对你说。无论西城夫妇如何对我描述你的过去，我都不会动摇，我对你的心意不会改变。"

"唯独这句话，我不想从你口中听到。对现在的我来说，这是最残酷的话了。"富士子垂下眼睛，轻轻摇了摇头。

"我还有一件更残酷的事情要告诉你。这是内海良平告诉我的，西城夫妇也不知道。如果你知道了这件事，或许又是另一种悲剧。"天知加快了语速。

"请说……"

"据真理子说，她在嫁给细井之前，已经和西城丰士发生了关系，细井完全没有怀疑，认为你是早产了一个月的婴儿，而且你和皋月长得很像。"

"这种事情，我不相信。"

"你杀害亲生父亲的事情并没有发生在十九年前，而是发生在几天前。在你心中连外人都不如的皋月，其实是你同父异母的妹妹……"

天知的声音低沉。他语气平淡，面无表情。悲剧落幕时，舞台上的主角已经不剩任何感情，剩下的只有疲惫不堪的肉体。

"所有事情都过去了，一切都会回归虚无。"富士子放下堵住双耳的手，缓缓转身，向前走去。

"各位，再见。"

富士子冲着两边依然坐在座位上的人们轻轻点头。天知追在她身后离开大厅。关上门，天知与富士子相对而立。

"在接到田部井主编的电话后，你紧紧抱住了我，当时你已经怀疑我了吗?"

"有九成……"

"即使如此，你依然抱紧了我。"

"正因为怀疑，才必须抱紧你。"

"听你这样说我就放心了。我很高兴，我能肯定的只有我爱你，深深爱着你。"

"我也是。"

"让我们在相爱中永别吧。"

"富士子……"

"请你在这里看着我离开。"

下一个瞬间，富士子转身跑了出去，她的背影穿过长长的走廊上变得越来越远，天知目送她离开。富士子一次都没有回头，消失在通往二楼的楼梯上。

大厅中的气氛完全没有变化。所有人继续保持沉默，一动不动。他们明白将会发生什么，却并不打算阻止。别墅大门前有警察坐在巡逻车里，但是没有人向警察汇报情况。

现在反而应该为富士子争取时间。这是相关人员最后的义务，是作为客人的礼数。但所有人都愿意保持现状，直到富士子用尽手头剩下的少量三氧化二砷为止。

30 分钟后——

除了两个孩子之外，12 名男女都站在泳池边。他们表情虚脱，看着泳池的水面。在泳池一角的水面上漂浮着无数花朵。

山百合、卷丹花、金鱼草、龙胆、大丽花、木槿、黄花龙芽、大花美人蕉、芙蓉、菊花、白玫瑰、红玫瑰……一定是从富士子的卧室运过来的花。

死去的富士子被鲜花淹没，她的表情似乎在告诉天知，当她用花田装饰和天知的爱巢时，或许已经预想到现在的结果。尽管如此，富士子的表情依然平静，仿佛睡着了一样，化着淡妆的她依旧很美。天知看透了这副美丽的容貌。

若剥下皮囊，人总有丑陋肮脏的一面。拆穿真相，世人的评价也会有天壤之别。无论是在这里的客人还是西城夫妇，都无一例外。可是杀死了三个人，还险些杀死一个小女孩的杀人凶手——富士子的脸庞竟如此美丽？

内海良平和乙江坐在泳池的另一侧，身后是一大片绿意盎然的庭院。午后阳光明媚，蝉鸣声不绝于耳，碧蓝的天空和洁白的云朵倒映在池水水面上，暮夏的轻井泽摇曳在水面的花海之中。天知昌二郎正看着死去的西城富士子的脸庞说道："只有你，比这幅景色更加平和美丽。"